文春文庫

耳袋秘帖

南町奉行と深泥沼《みどろぬま》

風野真知雄

文藝春秋

耳袋秘帖　南町奉行と深泥沼《みどろぬま》●目次

耳袋秘帖

南町奉行と深泥沼《みどろぬま》

序章 気づかない恨みを買ったのか

南町奉行根岸《ねぎし》肥前守《ひぜんのかみ》鎮衛《やすもり》が、本丸《ほんまる》黒書院《くろしょいん》の会議を終え、若年寄《わかどしより》の一人としばらく立ち話をして、さて帰ろうとなったときに、

「これこれ、根岸」

と、声をかけられた。

元老中松平《まつだいら》定信《さだのぶ》である。

「これは御前《ごぜん》。ご登城《とじょう》なされてましたか」

「うむ。ちと野暮用《やぼよう》があってな。それよりも、根岸、寄合《よりあい》の山崎《やまざき》主税助《ちからのすけ》がそなたを捜しておったぞ」

「山崎さまというと」

「当代《とうだい》だ。去年、跡を継いだのだろう」

「そのご当代がわたしに？」

先代はともかく、当代とはまったく面識はない。先代は五十前後の歳で急死した

ので、当代はまだ二十歳を少し出たくらいだとは聞いている。

山崎家というのは、根岸同様に旗本の身分だが、知行《ちぎょう》五百石である根岸の十倍にも及ぶ五千石をいただく大身《たいしん》である。職務は交代寄合。寄合というのは、小普請組《こぶしんぐみ》に似て無役のようなものだが、交代寄合はふだん所領地に住み、それで参勤交代《さんきんこうたい》をするという大名に似た立場にある。じっさい、山崎家も大名家からの分家だった。

たしか、麻布《あざぶ》の高台に、広大な屋敷を構えていたはずである。

「なにやら、ひどく思いつめた顔をしておってな。わしの推測だと、あれはそなたに斬りつけるな」

と、定信は真面目な顔で言った。

「ご冗談を」

「冗談ではない。そうしてもまるでおかしくない顔つきだったぞ。また、ここはそういうことをしたくなる雰囲気が漂っているのかもしれぬな」

定信はそう言って、周囲を見回した。

ここは、松《まつ》の廊下《ろうか》だった。

初めて登城する大名などは、「ここが……」と目を光らせる。ほとんど名所のようになっているのだ。

根岸は苦笑して、

「ですが、わたしは山崎さまに恨《うら》まれる覚えは……」

「ないのか？ ありそうだがな」

「いえ、まったく」

「なくても不思議はない。吉良上野介《きらこうずけのすけ》だって、覚えはなかったのだ。わけのわからぬことで斬りつけられ、わけのわからぬうちに討ち入りに遭った」

「はあ」

「恨みというのは、知らないうちに買うのだ」

「なるほど」

確かに大半の恨みはそうかもしれない。

「根岸。気をつけたほうがよいぞ」

と言って、定信はニヤリとした。

意地悪そうに笑っても、この人は高貴な感じを失わないところが不思議である。

「それより、山崎さまをお捜ししてみます」

根岸はそう言って、松の廊下から引き返してみた。

本丸は広大な迷宮である。

いざ人捜しを始めると、砂浜でゴマを探すような気分になってくる。

茶坊主《ちゃぼうず》たちに訊いても、見ていないという。

定信が嘘を言うはずがない。

しばらく本丸内を捜しまわったが、結局、根岸はこの日、山崎主税助と会うことはできなかったのである。

第一章　猫鳴き井戸のさらに奥

一

女岡《おか》っ引《ぴ》きのしめが、素晴らしい説教を垂れたらしい。

そういう話が、南町奉行所の同心部屋などで話題になった。

説教の相手は、最近、しめの子分になった雨傘屋《あまがさや》である。英次《えいじ》という名前があるらしいが、しめが清香《きよか》を名乗っても誰も呼ばないように、英次とは誰も呼ばず、雨傘屋が通り名になった。

「あたしはあんたに口を酸《す》っぱくして言いたいことがある」

と、しめは十手《じって》を軽く振りながら、

「それは、歩き回れ、聞いて回れってことさ。聞いて回れというのは、訊《たず》ねるんじゃないよ。自然と耳に入ることを聞き逃しちゃ駄目ってこと。人ってのは、訊ねたって、言いたくないことは言わないし、嘘もつく。それでも訊ねることは必要になるんだが、それをやれるのは、あたしくらいいろんな経験を積んでからだ。あんたは、それをやるにはまだまだ早い。とにかくいまは、巷《ちまた》のあらゆる声に耳を傾けておくれ」

そんなふうに言ったのだという。

「へえ。しめさんが、そんなことを言ったの。歩き回れ、聞いて回れか。たしかにそれは、町回りを担当する者の極意と言ってもいいくらいだわな」

と、本所深川《ほんじょふかがわ》回りの椀田《わんだ》豪蔵《ごうぞう》も感心した。

しかもこの話は奉行の根岸肥前守にまで伝わり、

「歩き回れ、聞いて回れ。いい台詞《せりふ》ではないか。それは、わしも真似をさせてもらおう」

とまで言ったらしい。

ところが――。

いざ雨傘屋が巷の話を耳に入れてきたら、

「あんた、なんでそんな話を聞いて来るんだよ」

と、しめは怒ったのだという。

「それで怒られちゃ、雨傘屋もわけがわからんわな」

話を聞いた椀田豪蔵は大笑いした。

雨傘屋が聞き込んできたのは、こういう話である。

麻布の善福寺《ぜんぷくじ》といえば、たいそう大きな寺であるが、その塔頭《たっちゅう》の一つ、千醍寺《せんだいじ》の庭の隅に井戸がある。

この井戸は、数カ月前に、身投げがあって人が亡くなったため、いまは蓋《ふた》をされて使えなくなっている。

ところが、夜になると、この井戸のなかから猫の鳴き声がするのだという。

当然、仔猫でも落ちたのかと思うが、蓋は頑丈なもので、五貫目（約一九キロ）もありそうな石が三つばかり載せてあるので、仔猫など落ちるわけがない。

寺の庭と、町人地《ちょうにんち》のあいだには生垣《いけがき》があるが、井戸はその生垣に近い。だから、町人地のほうの長屋の住人は皆、この鳴き声を耳にしており、

「あれは祟《たた》りだよな」

「なにか訴えようとしているみたいに聞こえるぜ」

「だいたい、あれは六月だったよな、あそこで身投げがあったけど、ほんとに身投げだったのかねえ」

「まったくだ。ろくろく調べてもいねえんじゃねえか」

「町方《まちかた》の怠慢だな」

そんな騒ぎになっているらしい。

「調べなくていいんですか？」

と、雨傘屋はしめに訊いた。

しめは思い切り顔をしかめ、

「なんであんたは、そんな話を聞きこんで来るんだい」

と、怒ったのである。

「そんな話？」

「化け猫だろ、それは」

「化け猫かどうかはまだ……」

「だって入れない井戸のなかで、夜、猫が鳴いてんだろ。化け猫に決まってるじゃないか」

「親分は猫が好きだって」

「生きてるのはね。化け猫は、あたしだってやだよ」

「へっへっへ、でも、耳に入っちゃったことですのでね。親分の命令ですよ。歩き回れ、聞いて回れでしょ。忠実に守ってます。けっこう有能でしょ」

この男はいつもへらへらしている。

「……」

「行きましょう、親分」

理が雨傘屋にあることは、しめにもわかっている。

「わかったよ。行けばいいんだろ」

と、恨みがましい口調で言った。

二

暮れ六つ（午後六時ごろ）にはまだ半刻《はんとき》（約一時間）ほどあるうちに、現地にやって来た。

「出るのは夜ですよ、親分」

と雨傘屋は言ったが、

「いいの、これで」

しめは怒って言った。

暗いところに行って、いきなり化け猫の声を聞いたりしたら、逆上してみっともないさまをさらしてしまうかもしれない。ちゃんと現地を見ておいて、逃げるときも墓石にぶつかって怪我したりしないようにしておきたい。

噂になっている長屋は、千醍寺の境内《けいだい》と生垣を挟んで隣り合っている。墓地の外れにその井戸があり、かつては墓参に来た人たちが、手向《たむ》けの水を汲んだりして、重宝していたらしい。

長屋は、又蔵《またぞう》長屋というが、ここらの人たちは皆、

「斜《なな》め長屋」

と呼んでいる。

というのも、ここら一帯は坂になっていて、千醍寺の境内のほうは盛り土などをして、ほぼ平らになっているが、又蔵長屋はそんなことはせず、斜めの土地の上に建てられた。最初はまっすぐ建っていたのかもしれないが、古くなるにつれ長屋自体が次第に坂と一体化して、斜めに傾いてきたのである。

「なんか、気持ち悪い」

最初に長屋の前に立ったしめはそう言った。

「昼に変なものでも食ったのでは？」

と、雨傘屋が言った。

「違うよ。あんた、気持ち悪くないの？　この長屋、斜めになってるよ」

「ああ。ここらじゃ珍しくないですよ。向こうの本村町《ほんむらちょう》にあるあっしの家もそうでしたから」

「そうなんだ」

長屋の住人に声をかけると、居職《いじょく》の職人らしき年寄りが出て来たが、その顔がまた斜めに曲がっている。

「こういう家に住んでると、顔も傾くのかね」

しめは思わずつぶやいた。

「なにか？」

「いや。そっちの井戸で夜、猫の鳴き声がするんだって？」

「そうなんだよ。あんたは？」

「こういうもんだよ」

しめは十手を出した。

「女のくせに十手なんか持ち歩いてると、手が後ろに回るぞ」

住人は、説教するように言った。

すると雨傘屋が、

「違うんだ。この人はちゃんとした岡っ引きで、しかもお奉行さまが絶大な信頼を寄せる捕り物名人なんだ」

と、弁護した。

「そうなの？」

住人は異様な生きものでも見るような顔をした。

「猫の声はほんとにするんだね？　いつから？　毎晩、鳴くのかい？」

しめは立てつづけに訊いた。

「ほんとだよ。半月ほど前からかね。毎晩、鳴いてるけど、宵《よい》の口《くち》だけだね。真夜中は聞いたことがないな」

「ふうん」

住人たちの気のせいであることを期待したが、それはないらしい。

長屋の路地で待つことにした。

ここらは高台の東側になるため、暮れ六つ前からすでに暗くなっている。

陽が落ちて、半刻もしないうち、

「みゃあ、みゃあ」

と、鳴き声が聞こえてきた。

「親分！　ほら！」

雨傘屋が嬉しそうに言った。

「わかってるよ。聞こえてるよ」

「井戸のなかからでしょ？」

「そうみたいだ」

生垣を越えれば井戸のそばまで行けるが、しめはそこまでしたくない。だが、井戸の周りにはなにもなく、そこから聞こえているのは間違いない。

「しかも、あれは仔猫ですね」

と、雨傘屋は言った。

「そうかい？」

「鳴き声が、にゃあよりも、みゅうに近いでしょう」

「ほんとだ」

「仔猫が井戸のなかで生きてます？　化け猫間違いなしでしょう」

「なんてこった」

しめは思いっ切り顔をしかめた。

三

調べは明日の朝から始めることにして、今日は帰ることにした。

しめは最近、息子がやっている筆屋の隣に、ちょうど空いていた一軒家を借りたばかりである。子分もできた、れっきとした岡っ引きが、筆屋の隠居部屋住まいでは、どうにも恰好がつかない。

岡っ引きの親分は、やっぱり入口から見える長火鉢《ながひばち》の前にどっしり座っていないと駄目だろう。そこで子分が、「親分、大変だ」と飛び込んできても、「馬鹿野郎。慌てねえでしっかりしゃべれ」と叱ってこそ、貫禄というものである。そのためにも、雨傘屋を住み込ませることにしたのだが、「しめさん、若い男を囲い込んだみたいだよ」などと噂されても困るので、雨傘屋は筆屋の隠居部屋のほうに寝かせている。

その雨傘屋に、

「あんた、先に帰って、朝の飯で雑炊でもつくっといておくれ」

と、しめは言った。尾張町《おわりちょう》の角まで来たときである。

「親分は？」

「ちょっと奉行所に寄って、相談したいことがあるんだよ」

「わかりました」

そう言って帰って行く雨傘屋を見送って、奉行所に顔を出すと、ちょうど夜回り同心の土久呂《どくろ》凶四郎《きょうしろう》が、出かけるところだった。

「あら、土久呂の旦那、いまからですか？」

「ちょっと打ち合わせがあったもんでな」

じつは、凶四郎が打ち合わせがあることは知っていた。もしかすると、会えるかもという期待があってやって来たのである。化け猫騒ぎの裏を探るなんて、この人の得意な仕事ではないか。

「だったら、麻布に行かれてみてはどうです？」

と、しめは言った。

「麻布？　なんかあったのかい？」

「井戸のなかで化け猫が鳴くんですよ」

「ほほう、化け猫か」

と、凶四郎は面白そうな顔をした。

「行ってみます？」

「いや、一句できた」

凶四郎はそう言って、袂《たもと》から手帖《てちよう》と矢立《やたて》を出し、すらすらと何か書きつけた。

「こんな句だ」

と、見せてくれる。

化け猫をじゃらして遊ぶ閻魔《えんま》かな

「閻魔さま、さすがというか、不気味というか」

しめは感想を言った。

「そうか。閻魔ではなく、奉行にしてもいいんだがな」

「ああ、根岸さまでもおかしくないですね」

「だろ？」

「じゃあ、麻布に行っていただけるんですね？」

しめは期待を込めて訊いた。

「すまんが、猫の鳴き声に関われるほど、夜回りの仕事は暇ではないのだ。しめさんにまかせるよ」

凶四郎はそう言って、足早にいなくなった。


次にしめは、娘婿である神田皆川町《かんだみながわちょう》の辰五郎《たつごろう》の家を訪ねた。辰五郎はそんな歳でもないのに、根岸の信頼が厚いせいもあって、最近は大親分と言われるくらい江戸中に睨《にら》みが利いている。

「あら、おっかさん」

娘のおつねが、意外そうにしめを見た。実の娘なのに、しめとはまったく顔が似ておらず、若いときは神田小町《こまち》の呼び声も高かった。ただ、性格はかなりしめに近い。

「辰五郎さんは？」

「湯に行ってる。もう、もどるころだよ」

「ふうん」

火鉢にのっている煮物の鍋から、こんにゃくをつまんで食べながら、

「辰五郎さん、いまはどんな事件をやってるんだい？」

と、訊いた。

「ここんとこ、椀田さまの依頼でずっと下総《しもうさ》に行ってんだよ。殺しの下手人が実家にもどるかもしれないらしくてね。今日はたまたま一日だけ帰って来たけど、また行かなくちゃならないらしいよ」

「そうなの」

しめの期待とは、ずれている。

そこへ、

「おう、おっかさん、来てたかい」

辰五郎が帰って来た。

「うん。あんたに頼みがあるんだよ」

辰五郎の顔を見た途端、しめはいい考えが閃《ひらめ》いた。

しめは神田白壁町《しらかべちょう》の、筆屋の隣の家にもどって来た。

玄関口には、町内の知り合いたちに引っ越し祝いとしてねだった松と紅葉と梅の豪華な盆栽が並べられ、岡っ引きの住まいに見えないこともない。

雨傘屋はすでにもどって、雑炊もできあがっていた。佃煮《つくだに》と卵もいっしょに入れてあって、うまそうである。

さっそく、二人して熱々の雑炊をすすりながら、

「まいったよ。さっき、辰五郎の家の前を通ったら、あれはいま、殺しの件で下総と行ったり来たりしてるんだとさ」

と、しめは言った。

「そうなので」

「それで、辰五郎がいないあいだ、神田の見回りをあたしにやってくれないかと言うんだよ。あたしも娘婿の頼みじゃ断れなくてさ」

もちろんじっさいは、頼まれたのではなく、頼んだのである。辰五郎も、その分、下総に子分を連れて行けるので、「じゃあ、頼むよ」ということになった。

「はあ」

「だから、すまないけど、麻布の化け猫の件は、あんたが一人で調べておくれ」

「あっしが？　一人で？」

雨傘屋は、心細そうな顔をした。

「なあに、それくらいやれるだろ」

「でも、訊ねるってことは、親分のように経験を積まないとできないのでは？」

「そうなんだが、この際はしょうがないよ。まあ、やれるだけやってみな」

しめはそう言うと、猛然と二杯目の雑炊をすすり始めた。

四

翌日、雨傘屋は一人で麻布に向かった。

まずは、井戸そのものを確かめることにした。夜、井戸のなかをのぞくのは気味が悪いが、昼間ならそうでもない。

正式に寺の許可を得るとなると、千醍寺から本寺の善福寺まで通さなければならなくなり、返事が来るのにひと月もかかりそうである。この際、許可なしでやることにした。

上にのっかっている石は、一人では重いので、斜め長屋の若いやつに手伝わせた。石は、近ごろ動かしたような跡はない。

「さて……」

恐る恐るのぞき込むと、やはりかなりの深さがある。

「おーい、猫さん、いるのかい？」

声をかけると、反響はするが、もちろん返事はない。

「本物の猫なんかいるわけないし、化け猫だったら姿は見えねえよな」

雨傘屋は、手伝った若い男に言った。

「まったくだ」

「無駄だったってことか」

「はあ」

若い男は情けなさそうにうなずいた。

つづいて、雨傘屋は訊き込みに回ることにした。

斜め長屋のあるあたりは、善福寺門前元町《もんぜんもとまち》である。

雨傘屋の家は、仙台坂《せんだいざか》を上って行って、さらにそこから下ったところの麻布本村町である。いまは、筆屋に泊まり込んでいるが、家はまだ処分してはいない。

このあたりは、子どものころから毎日のように通っていた。顔見知りも多い。

その顔見知りを訪ね、井戸に身を投げて死んだ女のことを訊き出そうとすると、

「そんなこと訊いてどうするんだ？」

とか、

「死んだ当人も、そっとしておいて欲しいだろうが」

などと、冷たく拒否されてしまう。

「知り合いを六人ほど訪ねて訊いてみたが、誰もまともに答えようとしない。しめが言ったように、人にものを訊ねるのは、難しいらしい。

途方に暮れて、道端にぼんやり突っ立っていると、通り沿いの店のなかから、

「おい、雨傘屋の英次」

と、声がかかった。

「ああ、権蔵《ごんぞう》さんか」

蓑《みの》や笠を売っている店のあるじで、本来、商売敵なのだが、英次のおやじとは仲良くしていた。

「最近見ねえな。また変なこと、してんのか？」

「うん、まあ、変なことと言われたら、変かもしれねえ」

そう言いながら、蓑笠屋の軒の下に入った。

「何やってんだ？」

「町方の手伝いだよ」

「町方の手伝いだと？　そりゃ、やめとけ。恨みを買うだけだぞ」

「そうなの？」

「あんなのは、おめえ、岡っ引きの熊助《くますけ》を知ってるだろう？」

「うん」

麻布界隈を縄張りにする岡っ引きで、ひどく評判が悪かった。だが、この数年は病で臥せっている。

「あれみたいに、ガキのころから悪さばっかりして、これ以上やったらお縄になって牢屋送りだっていうような野郎がやるもんだ」

「まあね」

根岸の周辺にいる岡っ引きは、真面目な人たちが多いが、江戸の岡っ引きの大半は、そうした連中である。

「やめとけ」

「うん」

素直にうなずいた。

ほんとにやめる気になっている。やはり、自分には才能がないかもしれない。お奉行の人柄には惹かれるものがあるが、合わないことはつづけられない。

「なんか調べてんのか？」

蓑笠屋の権蔵が訊いた。

「千醍寺の井戸で夜、猫の鳴き声がするんだよ」

「そうらしいな」

「それで、井戸に飛び込んだ女の祟りだっていうから、ほんとなのかと」

「ははあ。飛び込んで死んだのは、そこの乾物屋《かんぶつや》のおかつさんだよ」

と、あるじは、通りの斜め向こうを指差した。

「そうなんだ」

訊きたかったことがやっとわかった。

「かわいそうによ」

「身投げの理由もわかってんのかい？」

「亭主が急な病で亡くなったんだよ。仲のいい夫婦だったからな」

「いくつだったんだい？」

「四十だったかな」

「四十で、旦那の後追いをして身投げするかね」

「おめえ、いつから女の気持ちがわかるようになった？」

「あ、いや、いまもわかんねえけど」

権蔵は苦笑して、

「おとなしい人だったから、気弱になっちまったのかもな」

「それで猫が祟ってるっていうんだけどね」

「なんで猫が出てきたんだろうな」

権蔵も首をかしげた。

「猫を可愛がっていたとかは？」

「いやあ、おかつさんはむしろ犬が好きだったよ。犬は何度か飼っていたはずだよ」

「その犬が猫を嚙《か》み殺したりしたとか？」

「いや、そんな話は聞いたことねえな」

雨傘屋は、乾物屋を眺めた。

店は開いている。

「乾物屋は息子が継いだのかい？」

と、雨傘屋は訊いた。

「息子はまだ十二だよ」

「じゃあ、誰が？」

「息子は、ほんとの子じゃねえんだ。おかつさんに子どもができなかったから、旦那の妹の子を養子にもらっていたんだよ。それで、いまはその跡継ぎの実母の亭主ってのが入っていて、商売をしてるみたいだよ。まあ、いずれ息子に譲るつもりらしいけどね」

「そうなんだ」

客が来た。

「あとは自分で訊いて回るこった」

と、権蔵は追い払うようなしぐさをした。

だが、知りたいことはずいぶんわかってしまった。

――もしかしたら、おれ、才能あるんじゃないの。

雨傘屋は、やる気が出てきた。自分でも薄々わかってはいるが、けっこういい加減な性根である。

五

乾物屋をのぞいてみた。

間口三間（約五・五メートル）ほどの、どこにでもあるような乾物屋である。なかに三十くらいの女がいる。帳場に座っているから、ただの手伝いではなさそうである。

跡継ぎの息子の実母だろうか。権蔵に訊いてみたいが、まだ客の相手をしている。

つまらなそうな顔で、店の前に立つと、

「お客？」

と、女のほうから訊いてきた。笑顔ではないが、気難しくはなさそうである。

「いや。ここって亡くなったおかつさんの店だよなと思ってね」

「そうだよ」

「猫が鳴くんだよ」

脈絡もなく言ってみた。

「ああ、あの話ね」

「知ってた？」

「そりゃあ、斜め長屋の連中が騒いでるもの。顔をこんなふうに斜めにさせて」

たぶん、あの爺さんの顔真似だろう。

「祟りなのかね？」

「そんなわけないでしょうよ」

女は鼻で笑った。

「そうなの」

「祟るなら、おかつさんが自分で出てくるわよ。なんで、猫になって出なきゃならないのよ。乾物屋に猫はあり得ないね」

「あ、ほんとだ」

煮干しだのかつお節だのを置いている店で猫を飼ってたら、万引きより性質《たち》が悪い。

そこへ、

「ただいま」

と、男の子が帰って来た。

これが十二になるという跡継ぎだろう。水遊びでもしてきたみたいで、裾《すそ》が濡れて、泥もついている。

息子はそのまま家に入ってしまった。

「跡継ぎだろ？」

と、雨傘屋は訊いた。

「そうだけど」

「名前は？」

「新吉《しんきち》」

「店の手伝いはやってないのかい？」

「まだ十二だしね」

「ふうん。おいらは八つのときから、おやじの手伝いしてたけどね」

ここらの店の子どもは、十《とお》くらいになれば、誰でも家の手伝いをさせられる。

「だよね。あたしも、させたほうがいいと思うんだけど、うちのがね」

そう言ってから、女は慌てたように、

「お帰り」

外に向かって言った。

あるじが帰って来たのだ。女よりもだいぶ年上に見える。俊敏そうな身体つきだが、顔色は悪く、疲れているみたいである。

「仕入れはうまくいったかい？」

「へっ。あとで小僧が持って来るよ。まったく乾物の問屋ってのは、どいつもこいつも干からびたようなやつばっかりだ」

そう言うと、肩をこきこき揺するようにしながら、奥に入って行った。雨傘屋は客かもしれないのに、「いらっしゃい」の一言もない。

とても商売人とは思えなかった。

雨傘屋は、さらに界隈を歩き回った。

麻布生まれの麻布育ちなのに、善福寺の門前あたりをこんなにじっくり見て回るのは初めてのことだろう。しめが愚痴っていたが、この町はほんとに坂が多い。

――ん？

千醍寺の井戸は、敷地の端にあるが、斜め長屋のあるほうではなく、坂の真下になるほうは、ほとんど急な崖のようになっていて、その下には、間口が五間（約九・一メートル）ほどもあるろうそく屋が店を構えていた。卸《おろし》も小売りもやる店らしい。

――ここは昔からあったよな。

ろうそくは本村町にある木戸番小屋で買うことが多かったので、ここでは買ったことがない。寺などで使う、わりと高級なろうそくを扱う店である。

——おやじはたしか、ここのあるじがちと変わっていると言っていた。

だが、なにが変わっているとまでは言ってなかった。

店の前をゆっくり通り過ぎた。

帳場に五十くらいの、立派な体格のあるじらしき男がいて、入口のところに若い男が立っている。こいつは番頭ではなく手代だろう。

顔を見ると、なんとなく見覚えがある。

向こうもこっちを見知っているような顔をしている。

「よう」

と、雨傘屋は声をかけてみた。

「ああ」

向こうもうなずいた。

「ここで働いてたのか」

「そうなんだよ。あんた、最近、おちよの店に行った？」

と、手代は訊いてきた。それで思い出した。二ノ橋《にのはし》の近くにあるおちよの店という一杯飲み屋で、ときどき会っていたのだった。

「行ってないいんだ」

「おちよ、男ができちまってさ。おいらはもう行かないよ」

おちよというのは、二十四、五の女で、江戸育ちの人当たりのいい気性だったから、客のほとんどはうまくいけばくどいてやろうという魂胆だった。雨傘屋は、あれだけ敵が多いと、自分なんか相手にされるわけはないと思い、端《はな》からそれは諦めていた。

「そうなんだよ。おれもがっかりだよ」

適当に話を合わせ、

「ところで、ここの旦那って変わってるんだって？」

と、雨傘屋は小声で訊いた。

「変わってるかね。いい人だぜ。やさしいし」

「そうなのか。じゃあ、なんでそんなこと言う人がいるんだろうな」

手代はチラッと店の奥を見て、

「たぶん、変な神さまを拝《おが》んでるからじゃないか」

と、言った。

「変な神さま？」

「おれもよく知らないんだ。裏のほうに祠《ほこら》があるけど、そっちには行くことがないんで、わからないんだよ」

「住み込みじゃないの？」

「そっちに別の長屋を借りていて、おいらはここでは寝てないからな」

「そうなのか」

それ以上訊いてもわかりそうもないので、雨傘屋は、

「またな」

と、歩き出した。

ぐるっと回って、千醍寺の境内に入ってみた。

裏手は、墓地の一画があり、空き地のほうに井戸があり、そのわきに斜め長屋がある。敷地のいちばん端には、頑丈な柵がつくられている。斜め長屋との境目は、かんたんな生垣だが、この柵はいかにも危険防止という感じである。

周りに人がいないのを見計らって、雨傘屋は柵を乗り越え、落ちないように気をつけながら、崖下をのぞき込んだ。

たしかに、真下はろうそく屋の裏手になっている。岩のでっぱりや草が生えていたりしてよくわからないが、崖の真下には小さな祠の屋根のようなものが見える。

――なんの神さまだろう？

ここからではわかりようがなかった。

いろいろ考えた挙句、雨傘屋は小芝居を打つことにした。町方の手先づらして訊くよりも、芝居じみたやり方のほうが、自分には合っている気がする。

その方法とは――。

悩める若者になって、ろうそく屋のあるじが拝んでいる神さまと接触してみるというものだった。

顔見知りの手代がいるとやりにくいが、幸い、配達にでも出たらしく、いまは帳場にあるじがいるだけである。

「あのう」

と、いかにも気弱そうな若者の顔をして、店のなかに入った。

「なんだい？」

「おいらは悩んでまして」

「そりゃあ、人間、若いときから悩みは尽きないよな」

あるじは苦笑した。悪い人間ではなさそうである。

「ええ。それで救われるため、いろんな神さまを拝むことにしたんです。とにかくあらゆる神さまにお願いしようと」

「……」

あるじはじいっと雨傘屋の顔を見ている。

「そしたら、こちらの家にも珍しい神さまがおられるというので、ぜひ、拝ませていただきたいと思いまして。いえ、ほんとに一度手を合わさせてもらうだけでいいんです。なんとかお願いできませんか？」

あるじは、しばらく黙っていたが、

「あんた、なんか調べてんのかい？」

と、訊いた。

「え？」

「あらゆる神さまを拝むような顔をしてないよ。さっき、外でうちの手代となんか話してただろ」

「………」

ちゃんと見ていたらしい。

「町方の使いっ走りかなんかだろ」

「………」

今度は、雨傘屋が黙る番だった。

「なにを調べてんだか知らないけど、調べるべきなのは、あたしなんかじゃなく、そっちの乾物屋じゃないのかい？」

「乾物屋になにかありますか？」

と、雨傘屋は訊いた。自分が町方の人間だと、白状したようなものである。

「あたしが言ったことは、内緒にしてもらえるかい？」

「もちろんです」

「まあ、お裁きってことになれば、お白洲《しらす》にも出てやるけどね」

「そりゃあ、助かりますが」

いったいなにを言おうとしているのか。

「乾物屋のおかつさんてのが、数カ月前に、裏の千醍寺の井戸に飛び込んで亡くなったんだよ」

「ええ」

「その晩だよ。いま、店に入ってあるじづらをしている男が呼びに来て、それでおかつさんといっしょにそっちの道を上って行ったんだよ。あたしはちゃんと見たんだから」

「そっちの道？」

「そこの路地を回り込んで行くと、千醍寺のほうに上がれるんだよ。そのあと、おかつさんは身投げしたというだろ。それで、あの男が店に乗り込んで来た。おかしい話だと思わないかい？」

「あ」

十二の跡継ぎに、商売の手伝いをさせようとしない、そのわけにも思い至った。

六

ここまでの話を、雨傘屋はしめに伝えた。

「そりゃあ、怪しいよ。その野郎は、おかつさんを殺して、店を乗っ取るつもりだろ」

と、しめはすぐに言った。

あのあと、番屋に立ち寄って訊いてきたのだが、男の名は橋蔵《はしぞう》。新吉の実母といっしょにいたが、正式な亭主ではないらしい。

「ですよね。でも、証拠は何もないですよ」

「大丈夫だよ」

「大丈夫？」

「どうにかなるんだ。根岸さまだったら、たぶん話をさせるうちに相手がボロを出すのを待つだろうね」

「根岸さまなら？」

「でも、お忙しいから、そんなことにかかずらってはいられない。ここは一番、あたしがやるしかないね」

「親分が？」

「なに、その顔は？」

「いえ、根岸さまの代わりを親分が？」

「右腕だよ、あたしは。根岸さまの。それは、あたしじゃないと詰め切れないね」

「はあ」

「いまから行こうじゃないの。たぶん、そのまま捕り物になるよ。あたしは十手があるけど、あんたは？」

「あっしは、例の雨傘を」

二人は急ぎ足で麻布にやって来た。

暮れ六つにはまだ間がある。

「この乾物屋です」

「あいよ」

しめはためらいもなく、のれんを分けた。

「あるじの橋蔵ってのは？」

しめは、目の前の男に訊いた。

「あたしだがね」

帳場の前に座った男がうなずいた。

「半年前に来たときは、違うあるじだったはずだがね」

「亡くなったんだよ」

「そうなの。なんで？」

「卒中でね。それより、あんたは？」

「こういうもんだよ」

と、しめは十手を見せた。

「町方？　女の岡っ引き？」

橋蔵は、火事のときに犬の火消しが現われたときのような、呆れた顔で言った。

「文句があるなら、南町奉行の根岸肥前守さまに訊いてみな」

しめがそう言うと、

「神田じゃ、しめ親分の顔を見ると、泣く子も黙るぜ。悪党は顔を隠して、横道に入るぜ。舐《な》めないほうが身のためだ」

と、雨傘屋が付け足した。もちろん、そうすることは打合せ済みである。

「そうでしたか」

「あんた、この店のあるじなの？」

「いや、あるじじゃないですよ」

橋蔵は急に謙虚そうに肩をすぼめて言った。

「なに？」

「ここの息子の新吉がまだ十二なんで、あたしが後見人みたいになっているだけでして」

「そうなの。でも、後見人になるくらいだから、あんたも商売はやってるんだ？」

「え？」

「商売ってのは、やったやつじゃないとわからないことだらけだろ」

「そりゃそうです」

「あんたはなんの商売をしてたんだい？」

「あっしはどじょう屋をしてました」

「どじょう屋？　どこで？」

「どこでというか、葛飾《かつしか》で取ったどじょうを深川の店に卸してたんで」

「それで乾物屋をやれんのかい？」

「いや、まあ。そこは努力しかないかなと」

「おかつは井戸に身を投げたよな？」

しめは橋蔵を睨《にら》みながら訊いた。

「ええ」

「あの井戸は、おかつさんは前から使ってたのかい？」

「そうみたいです。おかつさんは、あの井戸の水で茶を淹《い》れるとうまいというんで、昔から水をもらっていたみたいです」

　このやりとりに、雨傘屋は感心した。夜、おかつをあの井戸のところまで連れて行ったのが不思議な気がしたが、茶を淹れるのに使っていたとなると、いろいろ誘い出す手は出てきそうである。

「そこに身を投げちまったんだ」

　しめは、わざとらしく目をひんむいて言った。

「へえ」

「茶を淹れる井戸にね」

「………」

　橋蔵は引きつったような顔になっている。

　そこへ、新吉の実母がしめと雨傘屋に茶を淹れて持って来て、そのまま橋蔵の後ろに座った。

「あんた、おかつさんが亡くなった晩はどこにいた？」

　と、しめは訊いた。

「あっしは、浅草の飲み屋で一杯やってました」

「誰と？」

「一人でですよ」

「なんていう飲み屋で?」

「飲み屋の名前はわかりませんが、雷門《かみなりもん》の近くで、大勢客がいる飲み屋でした」

「大勢客がいたら、あんたがいたかどうかもわからないね」

「どうですかね」

「あの晩、浅草で大騒ぎがあったんだけど、雷門の近くにいたら当然知ってるよね?」

「え?」

橋蔵の顔が強張《こわば》った。

「あれだけの騒ぎだもの」

と、しめは返事を待った。

そんなことは雨傘屋も知らない。しめは本当のことを言っているのか。

「さあ、すっかり酔いつぶれちまってたもんで」

「そうなの。でも、不思議だね」

しめは顔を近づけて、橋蔵を見つめた。

「なにがです?」

「おかつさんが亡くなる前、あんたがおかつさんといっしょに千醍寺に入って行くのを見た人がいるんだよ」

「そんな馬鹿な」

「ほんとに。その人は、お白洲に出頭しても、自分が見たことを話してくれると約束したんだよ」

しめがそこまで言ったときだった。

「うぉおお」

と、橋蔵は天井が落ちてきたみたいな大声を張り上げ、しめを突き飛ばして、逃げようとした。

「お前さん！」

新吉の実母が、足にしがみついた。

それを蹴ろうとしたところに、雨傘屋がパッと傘を開いて、橋蔵の前に突き出した。

「な、なんだこりゃ」

視界がふさがれたのだ。

妙な武器もあったものである。

そこへ、しめの十手が橋蔵の向《む》こう脛《ずね》を思い切り引っぱたいた。

「ぎゃあ」

激痛が走ったに違いない。

さらにそこへ、傘の骨を外した雨傘屋が、先の尖ったその骨を一本ずつ、両方の太腿《ふともも》とふくらはぎへ、ぶすぶすと突き刺していった……。

七

橋蔵は、足の傷自体はたいしたことはないが、しびれたみたいで歩くことはできなくなっていた。雨傘屋が言うには、「おそらく骨の何本かが、いわゆるツボに刺さったからだろう」ということだった。

引きずるようにして近くの番屋に入れ、夜回り同心の土久呂凶四郎を呼びに行ってもらった。

「詳しい尋問は、土久呂の旦那にお願いするのさ」

と、しめは言い、

「それで、化け猫のほうはどうなった？」

改めて雨傘屋に訊いた。

「それなんですがね」

と、雨傘屋は、ろうそく屋の祠のことを話した。

「その祠の祟りかい？」

しめは、強張った顔で言った。

「いや、祠の祟りというのはないでしょう」

「じゃあ、なに？」

「井戸からすぐのところにあるんですよ。つながってるかもしれません」

「へえ」

「いくら町方でも、悪いこともしていない家に無理やり上がり込むことはできないでしょう？」

「そりゃそうだよ。そういうことをしたら、町人も町方になにも協力しなくなるからね。だから、そういうときは……」

「そういうときは？」

また、秘策があるのか？　この中婆《ちゅうばあ》さんは、見た目より凄《すご》いと、雨傘屋もさっきのやりとりで尊敬の念が増している。

「潜り込むしかないね」

「どうやって？」

「上から縄を使って下りられるだろう？」

「泥棒みたいですね」

「なんか盗めば泥棒だけど。いいんだよ。いざ、騒ぎになったら、あたしが責任を取ってやるから」

「どうやって？」

「平身低頭して詫びて、それでも駄目なら、あたしがひと月くらいろうそく屋で女中でもやればいいだろうが」

「ははあ」

そこまで言うなら、やるしかない。

崖の柵はかなり頑丈なので、そこに縄を結び、それを伝うとどうにか崖下におりることができた。

しめが上から小さな提灯《ちょうちん》をおろしてくれたので、それで祠をたしかめた。

崖下にもともと洞穴があったらしく、そこへ入れ込むようにして、祠があった。屋根はあるが、とくになにもない祠である。ご神体らしきものもない。ただ、奥に水の滴《したた》るところがあるばかり。

――水を拝んでいる？

そのわきで、

「みゅう」

と、小さな鳴き声がした。目が光っている。

仔猫がいた。

――やっぱりな。

ここに仔猫が棲みつき、その鳴き声が、井戸の壁を伝って聞こえていたのだった。

餌用の皿も置いてある。

夜、腹がすくと鳴き、その声であのあるじあたりが餌を持って来るのだろう。

雨傘屋は、こんなこともあろうかと、袂に入れておいた煮干しを皿に置き、縄を使って崖をよじのぼった。

「猫がいました」

雨傘屋は報告した。

「そうかい」

「おかつ殺しとはなんの関係もなかったということです」

「やっぱりね」

「祠はなんだった？」

「なんだか滴る水を拝んでいるみたいでした」

「水？」

しめは不思議そうな顔をした。

「水神《すいじん》ですかね？」

「水神だと竜なんじゃないの？」

「ああ、竜の置物とかはなかったです」

「まあ、いいか。人それぞれ、いろんな神さまを胸のうちに持ってるしな」

と、しめは言った。

「しめ親分も？」

「あたしは、根岸さまが神さまみたいなもんだけどね」

「なるほど」

二人は、千醍寺を出て、橋蔵を預けてある番屋に向かった。そろそろ土久呂凶四郎が来てくれるはずである。

「あの旦那は江戸の人かい？」

と、しめは訊いた。

「ええ。長いはずですよ。あの旦那は五代目か六代目だと、おやじは言ってました」

「だったら、ずっと近所の目があったから、そうそう妙なことはしてないはずだけどね」

「そうですね」

「ろうそくってのは、何からつくるんだい？」

「あれは、はぜの実からつくるんですよ」

「そうなの」

「あの店は、備中《びっちゅう》から生蠟《きろう》を持って来ていて、ここで仕上げているらしいです」

「備中というと？」

「大坂の向こうでしょう」

「遠いところから来るものなんだね」

とりあえず、面倒ごとは解決した。

しめは、いつもの暢気《のんき》な口調にもどっている。

八

その夜――。

根岸の私邸のほうを、寄合旗本・山崎主税助の屋敷の用人が訪ねて来た。

「お忙しいところを申し訳ありません。わたしは、北野丈右衛門《きたのじょうえもん》と申しまして、代々、山崎家の江戸屋敷に勤めておりまして」

用人は、四十くらいだろう。いかにも律儀そうな男である。

「山崎さまが、わたしをお捜しだったことは、松平定信さまから教えていただいたのですが、あのあとお捜ししても見つかりませんでした」

「それはわざわざ」

「して、御用は？」

「じつは、当家の屋敷には、昔から大きな池がありまして」

「ええ。有名ですな。がま池でしょう？」

「さすがにご存じで」

「麻布七不思議の一つとも言われているみたいで」

七不思議の中身は、ときに入れ替わったりもするが、だいたいがま池が抜けるということはないらしい。

そもそも、あんな高台に大きな池があること自体が不思議なのである。

「かなり昔からあるらしくて、池というより沼と呼んだほうがいいかもしれません」

「屋敷ができる前から？」

「あったみたいです」

「ほう」

「それで、あそこに、妙な生き物が棲んでいると、殿がおっしゃってまして」

「それは、跡を継がれた若殿ですな」

「そうです」

「妙な生きものというと、河童《かっぱ》のような？」

「河童ではないとおっしゃっています」

「北野さまはご覧になった？」

「いえ。わたしはいくら眺めても、そういったものは見ておりません。ただ、広い池ですし、周囲は樹木や草に覆われているので、見る場所によってまるで違います。現に、女中のなかにも、なにかいるという者が」

「ははあ」

　と、根岸は腕組みして少し考えてから、

「山崎家の国許《くにもと》は？」

「備中川上郡《かわかみぐん》の成羽《なりわ》というところです」

「若殿が育ったのは国許ですか？」

「いえ。ずっとあそこの江戸屋敷でお育ちです」

「それがいまごろになって？」

「家督を継いだころから気になり出したようなのです」

「ふうむ」

　と、根岸は首をかしげ、

「若殿が家督を継いでから、屋敷内でなにか変わったことはありませんか？　ご母《ぼ》堂《どう》は？　奥方は？　ご家来に動きは？」

　立てつづけに訊いた。

「とくにはありませぬ。ご母堂は五年ほど前にお亡くなりになってますし、奥方はただいま候補を捜し始めたばかりです。家来は以前のままで、国許の陣屋のほうも以前となにも変わっておりませぬ」

「さようか」

「殿は、近ごろではよく眠れないらしくて」

「なにか見たり聞いたりしたわけですな？」

「影は見たと。ただ、はっきりしてなかったらしく……」

「ぼんやりした影ですな」

　松平定信があのようなことを言ったのも、山崎主税助の憔悴《しょうすい》ぶりを見たからだろう。

「殿は、なんとか『耳袋』の根岸さまに、お調べいただけないかと」

　それが根岸を捜していた理由だったらしい。

「わたしもそういったことには、昔から興味がありましてな」

　根岸がそう言うと、いつの間にかそばに来ていた黒猫のお鈴《すず》が、

「にゃあ」

と、笑うように鳴いた。

「これは、些少《さしょう》ですが」

包み二つが差し出された。礼金ということらしい。

「とりあえず、明日にでも誰かを差し向けましょう」

根岸がそう言うと、北野は安心したように帰って行った。

根岸は置きっぱなしになっていた包みを見た。

小判の切り餅二つ。五十両の大金である。

ふだん、こういうものはもらわない。が、根岸はそれを受け取った。

切り餅二つを手で持ってみて、自分でも、珍しいことだと思った。

第二章　そば屋のおやじが三人見ている前で消えた

一

土久呂凶四郎は、相棒の源次《げんじ》とともに、麻布に来ている。

しめが、数カ月前に起きていた殺しを明らかにし、下手人を捕まえていて、それを確認するためである。

善福寺門前元町の番屋に入ると、後ろ手に縛られた下手人の橋蔵は、俯《うつむ》いてじっとしていた。番太郎《ばんたろう》が言うには、

「ときどき泣くくらいで、おとなしいもんです」

とのこと。

凶四郎は、橋蔵のわきにしゃがみ込み、

「殺《や》ったんだな？」

と、静かな声で話しかけた。

「殺りました。とんでもねえことをしちまいました」

「金か？」

「急に欲しくなったんです。それまでは、金なんて自分には縁のねえものと思っていたんですが、手に入れられるんだと思ったら、槍《やり》に刺されたみたいに、おかつさんを殺しちまおうと……」

「そういうもんだよな」

凶四郎はうなずきながら言った。それが、魔が差したというやつなのだろう。

「そういうもんですか」

「ああ。おめえだけじゃねえ」

凶四郎がそう言うと、橋蔵はホッとしたような顔をして、

「あっしだけじゃねえんですね」

と、つぶやいた。

下手人は皆、孤独に苛《さいな》まれている。人生の大半を、孤独を抱えて生きてきて、悪事を犯せば、孤独はなおさら深くなる。そういうものなのだ。

「そこまで素直に認めるなら、無駄に苦しむことはねえ。今日はもう寝ちまえ」

「ありがとうございます」

橋蔵は頭を下げた。

凶四郎は番太郎に、

「寒くねえように、火鉢でも置いてやんな」

と命じ、部屋を出た。

隣の部屋には、女房——正式にいっしょになったわけではないらしいが、その女が来ていて、

「あの人は強がるところがありますが、怯《おび》えていたんです。これは、さっき見つけたんですが」

と、なにやら書付を差し出した。

ざっと読むと、手口からなにから、細かく書いてある。どうやら自首して出るつもりはあったらしい。

「こうなると、しめさんの手柄も目減りしちまいますね」

わきで源次が言った。

「なあに、しめさんが突っついたから、あいつも白状したのさ。追い詰められなければ、だらだら逃げつづけたはずだよ」

そこらは、同心としての勘と言うしかない。

そこへ——。

「町方の旦那は来てますかい？」

と、番屋の提灯を持った男が飛び込んで来た。

「どうした？」

「あっしは、そっちの東町《ひがしまち》の番屋の者ですが、人が消えたと騒いでいます」

「人が消えた？　人が消えた？」

あまりに突飛《とっぴ》な話で、凶四郎はつい繰り返して訊いた。

「客が何人もいるところで、そば屋のおやじが忽然《こつぜん》と消えたんだそうです」

男は笑いたいが笑えないという顔をした。

凶四郎は源次を見た。

「行きましょう」

と、源次の返事は、すでに駈け出している。

二

麻布二ノ橋あたりにやって来た。橋の東側、三田《みた》のほうは、大名屋敷や寺が多く、昼間でも橋を渡る人はそう多くない。夜鳴きそば屋が商売するには、恰好の場所とは言えないのではないか。

「あそこです」

東町の番屋の番太郎が言った。

なるほど人だかりがある。

「どうしたんだ?」

凶四郎が人だかりを見回しながら訊いた。

「お忙しいところをすみません。じつは、この屋台のそば屋のあるじが、客が三人食っている途中、ふっと消えたそうなんです」

こっちは東町の番屋の町役人《まちやくにん》らしい。

「ふっと消えた?」

「幽霊みたいですよね。でも、幽霊じゃないでしょう。幽霊なら屋台を担いで来て、そばをつくるまではしないと思いますので」

町役人は、なかなか理屈っぽい性分らしい。

「三人の客というのは?」

凶四郎は、町役人のわきにいる三人を、お前たちだなというように見た。

「ええ」

「あっしらです」

三人は互いに見交わしながら、凶四郎に向かって、怯えた顔でうなずいた。

「ふうむ」

凶四郎は屋台を見た。

よく見かける屋台である。人ひとりがくぐれる門みたいなかたちで、屋根があり、その下に担ぐための棒が渡されている。左右が目隠しのついた棚になっていて、どんぶりやらそばの材料やら煮立った湯などが、整然と並んでいる。ここでそばをつくると、客はそれを受け取って、立ったままか、しゃがみ込んですする。食うための台も、腰を下ろす樽などもない。

屋台の裏に回って、身を隠すくらいはできるだろうが、捜されたらすぐに見つかる。消えるなんてことはできない。

近くを新堀川《しんぼりがわ》が流れている。ゆるやかな土手になっているが、短い草と砂地がつづき、見通しは利く。隠れられるようなところはなにもない。

次に、凶四郎は空を見た。

満月がほぼ真上にある。落ちて来ている月光は、人影さえ滲んだくらいにしか刻まない。こんなに明るい夜も珍しい。きっと仏さまだか神さまだかが、じっと見下ろしているのだろう。こういう夜は、悪事はやめて、物思いにでもふけっていろと、悪党たちには言いたい。

「あるじは、どこから来てたんだ？」

町役人に訊いた。

「近くですよ。たぶん元町からだと思います」

「まさか帰ってたりしてな」

と、凶四郎は源次を見ると、

「元町の番屋で確かめてきます」

と、源次はさっきまでいた元町の番屋に向かった。

「三人いっしょに来たのかい？」

凶四郎は客たちに訊いた。

「いえ、こいつとあっしはいっしょに来ましたが」

職人ふうの男が答え、

「あたしは一人です」

そういったほうは、短い着物を着て、中間《ちゅうげん》ふうである。

「どっちが先だ？」

「あっしらです」

「おめえたちが来たとき、ほかに客は？」

「いませんでした。だいたい、あんまり流行《はや》ってるそば屋じゃなかったですからね」

「じゃあ、お前たちはなんで来たんだ？」

「あっしらは、そこで飲んだあとは必ずここに来るんです」

「三日に一度は来てます」

職人ふうの二人は言った。

「おめえたち、名前は？」

二人に訊いた。

「喜助《きすけ》です」

と、まだ若そうだが、ゴマ塩頭のほうが言い、

「平次《へいじ》です」

と、目をしょぼしょぼさせたほうが言った。

「おめえら、だいぶ酔ってるだろうが？」

「そうでもないです。二人で三合ずつ空けただけですから」

「立って食ってたのか？」

「ええ。ここでこうして」

と、喜助は屋台に背を向けながら、そばをすする恰好をした。

「だったら、後ろを見てたんだろうが」

「だって、そば屋のつら見て食ってもうまくねえでしょう」

「どういうつらだったんだ？」

「どうってことねえつらですよ。眉毛が濃くて、熊が髭剃《ひげそ》ったみてえなつらでした

よ。なあ、平次？」

「ええ。ありゃあ、江戸っ子のつらじゃねえな。田舎から出て来たつらだ」

平次は偉そうに言った。

「それで、そのあと、お前が来たわけだ？」

中間ふうの男に訊いた。

「そうです。来たとき、お二人はもう食い始めてました。それで、出てきたそばを食ってるとき、お二人が食い終えて、銭を払う段になって、店主がいなくなったと騒ぎ出したんです」

「どっち向いて食ってた？」

「あっしはこうやって。後ろは見てねえです」

「じゃあ、消えたところを見たのか？」

「いや、食うときは、そばを見てたと思います。天ぷらもエビとイカと二つ載せてましたので、どっちかを見ながら」

と、食う真似をし、

「ああ、すっかり冷めちまった」

そう言って、棚の上にあった残っていたそばをまずそうにぜんぶすすった。

「おめえ、名前は？」

「作兵衛《さくべえ》っていいます。向こうの伊達《だて》さまの下屋敷で中間をしてます」

「ここはよく来るのかい？」

「いや、あっしは初めてです。帰り道で腹が減ってたもんで」

「それで、いなくなったとわかってからどうした？」

「あたりを見ましたよ。でも、この通り、ずっと見渡せますし、別に去って行くやつもいませんでしたし」

と、作兵衛は言った。

「それで、あっしらは大声で呼びましたよ。おやじ、どこへ行ったって」

「そうやって騒いでいるうちに、向こうから飲み屋の女将《おかみ》さんが来て、訳を話すと、東町の番屋に報せて来るって」

喜助と平次の話に、

「ええ。それで、あっしは今夜、同心さまが来るって、元町の番太郎から聞いていたもんで、すぐに報せに行ったたってわけで」

と、東町の番太郎が言った。

ここで、凶四郎を呼びに来たところにつながるわけである。

ということは、消えてからまだ、半刻は経っていない。

源次がもどって来た。

「ここの店主は、花吉《はなきち》といって、元町の藤兵衛《とうべえ》長屋に住んでます。家も見て来ましたが、帰ってはいませんでした」

「どうだった？」

「ふうむ」

完全に姿を消してしまったらしい。

そのとき、笛の音がした。

――ん？

二ノ橋を座頭《ざとう》が杖をつきながら渡って来た。盲人特有の、前方を探るような杖の動きである。揉み治療の帰りか、それとも向かうところなのか。

――もしやあの座頭に化けた？

一瞬、そんなことを思った。

「さっき、そば屋がいなくなったとき、近くを座頭が通ったとかは？」

凶四郎は訊いた。

「いや、そんなことはなかったです」

喜助が首を横に振った。

「あの座頭は、このあたりの住人かい？」

「ええ。新《しん》さんていいまして、そっちの長屋に住んでます」

町役人が答えた。

それなら、ぜったいにあり得ない。

ふと、座頭が足を止め、

「おや、なにかありましたかい？」

と、不安そうに訊いてきた。人が集まっているのが、気配でわかったらしい。

「大丈夫。気をつけてお帰り」

町役人の言葉に、座頭は安心したように帰って行った。

三

「旦那。申し訳ありませんが」

と、中間の作兵衛が言った。

「どうした？」

「あっしは使いに出た帰りで、遅くなるとまずいんですよ。もっと訊きたいことがあれば、門番に言えばわかるようにしておきますので、帰らしてもらえませんか？」

「なんの使いだ？」

「ろうそくが切れそうだというので、急いで十本ばかし買いに行かされたんです。

これですよ」

と、風呂敷包みを見せた。大名屋敷で使いそうな百匁《もんめ》（約三七五グラム）ろうそくが十本ほど入っているのもわかった。

「伊達さまだな？」

「ええ」

嘘ではなさそうだが、

「上屋敷はどこだ？」

「芝口橋《しばぐちばし》をちょっと向こうへ行ったところです」

「家紋は？」

「なんていうんですか。雀が二羽向かい合って、それを葉っぱが囲んでるやつです」

竹に雀である。どちらの答えも間違いなかった。中間をしていないと、なかなか咄嗟《とっさ》には答えられないだろう。

「わかった。帰っていいよ」

「ありがとうございます。いやあ、まさか神隠しに出会うとは」

と、作兵衛は首をかしげながら立ち去った。

「お前たちはどうする？」

凶四郎は喜助と平次に訊いた。

「あっしらは、そこでもういっぺん飲み直します。このまま帰っても、薄気味悪くて眠れませんので」

喜助は後ろの飲み屋を指差した。

「飲み屋の女将はこっちを見てたのかな？」

「いや。奥で客の相手をしてたんで、なにも気づかなかったみたいです」

と、町役人が答えた。

「二人の住まいは？」

「ええ。わかってます」

町役人はうなずいた。

凶四郎が許可したので、二人は飲み屋にもどって行った。

「旦那。どうします？」

源次が訊いた。

「あそこに辻番がある」

と、凶四郎は顎をしゃくった。

「あれは上総《かずさ》飯野《いいの》藩の保科《ほしな》さまのところで出されている辻番です」

町役人が言った。

「訊いて来よう」

凶四郎は、番屋よりも小さい辻番をのぞき、

「町方ですが、ちょっとお伺いしたいことが」

と、声をかけた。

「なにやら騒いでいるようじゃな」

五十くらいの武士が外に出て来た。充実した仕事をしているという気負いはまるで感じられない。一日に五回くらい弁当を食うような、暇そうな顔をしている。

「じつは、あそこの夜鳴きそば屋の店主が消えたらしいんです」

「消えたとか騒いでいる声はしていたが、まことなのか？」

武士は呆れた顔で訊《き》いた。

「そうみたいなんです。ここからだと、そば屋はよく見えていますね」

「まあな」

「見てはおられなかった？」

「じいっと見ていたわけではないが、こうしてぼんやり人通りを眺めていた。それでそば屋のところで、消えた消えたと騒ぎ声がしてからは、ずっと見ておったよ。誰かがそば代でも払わずにずらかったのかとも思ったが、逃げて行くような者はいなかったな。まもなく、そなたたちが駆けつけて来た」

「そうですか」

ここから屋台までは、二十間（約三六メートル）ちょっと。むしろ、ここがいちばん周囲も含めて状況が見て取れるかもしれない。

「誰か暴れたりしたら、わしも駆けつけようかと思ったが、わけのわからぬことに首を突っ込んでもしょうがないと、見ているだけにしたのさ」

「賢明なご判断でしょう。もういっぺん確認しますが、消えたという騒ぎ声がしたとき、あのあたりから逃げて行く者はいなかったんですね？」

「いなかったな。わしはそば屋のほうには近づかなかったが、そこの土手のところには行き、逃げて行くやつはおらぬか確かめた」

「いなかったんですね？」

「断言してもよい。いまだって、ほれ、これほどの月明かりだ」

辻番の番士は、橋のあたりを顎でしゃくった。

橋が白っぽく、はっきりと見えていた。ここのろうそくの明かりではない。月の光の明るさで見えているのだ。

本当に誰も立ち去っていないとしたら、そば屋のあるじの花吉は、まさしく煙のように消えたのかもしれない。

「ふうむ」

凶四郎は珍しくなにをしたらいいかわからない。

そんな気持ちを察したらしく、

「あっしが、花吉の家で待ちましょうか?」

と、源次が言った。

「いや、それは誰か番屋の者に頼もう。今宵《こよい》は、これで切り上げる」

凶四郎は途方に暮れた顔で言った。

四

翌日——。

凶四郎と源次は、暮れ六つにはまだ一刻はあるころから、麻布にやって来た。

まずは、昨夜の屋台を確かめた。

ちょうど、昨夜の番太郎がいて、カラスを追い払っているところだった。

「まったく、そばだの天ぷらだのが残っていたもんで、野良犬やカラスに食い散らかされてしまいました」

と、番太郎は言った。

「しょうがねえさ。やっぱり、花吉はもどらなかったか?」

「ええ。長屋のほうにも帰っていねえそうです」

「まずは、大家に会おう」

と、凶四郎は元町の藤兵衛長屋に向かった。

先に長屋をのぞいた。

ごくありきたりの長屋である。九尺二間《くしやくにけん》の家が六世帯。それが、向かい合わせになっているので、十二世帯。東側に二階建ての家はないので、陽はよく当たるはずである。湿っぽい感じはまったくしない。

花吉の家は、路地を入って右側の、奥から二つ目だった。

なかものぞいた。

「ほう」

「きれいでしょ」

源次が言った。

「ああ。男所帯なのにな」

四畳半にはなにも置かれていない。荷物はほとんど押入れと、棚の上に収まっているらしい。台所も汚れものなどはなかった。

まるで、いつ、いなくなってもいいような住まい。

——花吉は消える支度をしていた？

凶四郎は、不思議な気がした。

大家の藤兵衛は、路地を出たすぐわきで、卵焼き屋をやっていた。あらかじめ町役人に訊いていたが、家主ではなく頼まれて大家をしているという。

五十くらいの、かなり肥えた男である。

「あ、これは町方の旦那」

凶四郎と源次を見ると、店先に座布団を二つ並べ、

「花吉が消えちまったって。驚きましたねえ」

どこか嬉しそうに言った。

「まだ、わからねえよ。ひょっこり帰って来るかもしれねえんだから」

「いやあ。番太郎から詳しく聞きましたが、天狗《てんぐ》だってああいう消し方をしたら、すぐにはもどさないかもしれませんね」

「天狗かい？」

「じゃなかったら、人ひとりは消せませんよ。あたしはさっき、白金《しろかね》の雷神社に参って来ました。こういうのは、お寺さまより、神社でしょう。とりあえず、無事におもどしくださいって」

凶四郎は、訳のわからない話には取り合わず、

「花吉はどういう男だったんだ？」

と、訊いた。

「真面目な男でしたよ」

「ここはいつから？」

「四年くらい前ですね」

「江戸の人間か？」

「いや。大坂から来たんです」

「訛《なま》りはあったのか？」

「あったみたいですが、なにせ口数が少ない男でしたので」

「悪戯《いたずら》で人を驚かせるようなことは？」

「いいえ、そういうのは絶対やらない男でしょう。茶目《ちゃめ》っけみたいなものは、まったくなかったですよ」

「歳は？」

「今年、三十一でした」

「友だちは？」

「たまに誰か来てたみたいですが、あたしもいちいちは訊かないんです。なにせ家業のほうがけっこう忙しくて、藤兵衛さんの卵焼きじゃねえと駄目だって方がけっこういましてね。近ごろは、寿司屋からの注文もあるくらいで」

「この長屋で親しかったのは？」

「とくにいなかったみたいですね。うちの長屋は、朝から出かける職人や棒手振《ぼてふ》りが多いもんで、花吉とはすれ違いになるんでしょうね」

「店賃《たなちん》はちゃんと入れてたのか？」

「入れてました。遅れたりしたことも、いっぺんもなかったですよ」

「じゃあ、大家からしたら、自分から消えるわけはなさそうだってことか」

そう言って凶四郎が出ようとすると、

「旦那、親分、あっしの卵焼きを一口だけ」

と、小皿を差し出した。

「そうか。せっかくだからいただくぜ」

口に入れ、

「うむ。うんうん」

もごもご言いながら、店を出た。

飲み込んですぐ、

「甘くねえか、これ？」

と、凶四郎は顔をしかめた。

「甘いですね」

「これじゃあ、饅頭《まんじゅう》だろうよ」

「近ごろはこうなんですよ」

「流行りか。まったく流行り始めると、なんでもまともじゃなくなってくるんだよな。ちっと、水を飲ませてもらおう」

そう言って、もう一度、路地に入り、長屋の奥にある井戸に向かった。

井戸端にさっきはいなかったおかみさんがいた。赤ん坊を背負ったまま洗濯をしていた。

「水をもらうぜ」

「ああ、どうぞ」

凶四郎は汲み上げた水を、桶に口をつけて飲んだ。

ここらは水道ではない。掘り抜き井戸で、しかも水道よりうまい。

「そこの花吉なんだがね」

と、凶四郎は言った。

「ええ。消えたそうですね。どうしたんでしょう」

「どんなやつだった?」

「悪い人じゃなかったと思いますよ」

「なんで?」

「この子が夜泣きしたとき、どっか痒《かゆ》いんじゃないかって身体を見てくれて、ここだって、蚤《のみ》に食われたみたいなところを見つけ、掻《か》いてくれたら泣き止んだんです。赤ん坊が泣くのは、腹が減ったか、どっか痛いか、それか痒いかなんだ。痒みってのは意外に気づきにくいんだよなって」

「へえ」

「独り者なのに、赤ん坊のこと、よく知ってますねって言ったら、兄貴の赤ん坊を見てたからって」

「そりゃあ、悪い人らしくねえな」

「はい」

そういう勘は馬鹿にできない。

路地を出ると、

「もう、訊ねる人もいませんね」

と、源次が言った。

「いるよ。いちばんわかってそうなのが」

「え？」

凶四郎は東町の番屋に来て、

「ここらを縄張りにしてるやくざは誰だ？」

と、番太郎に訊いた。後ろで源次が、

「ああ。そっちからですか」

と、つぶやいた。

「小次郎《こじろう》親分です」

「そうか、謎かけの小次郎か。家はたしか……」

「隣の路地を入ったところです」

番太郎が右手を指差した。

五

路地をくぐりながら、

「謎かけってなんです？」

と、源次が訊いた。

「嫌な野郎でな。相手が賢いか馬鹿かをそれで見極めるんだと」

「当人は賢いんですか？」

「そういうことで頭の良しあしがわかると思ってるんだもの。その程度だろうよ」

「なるほど」

長屋のいちばん奥が小次郎の住まいで、その手前の家にも子分たちがたむろしていた。

凶四郎は戸口の前に立ち、

「よう。小次郎」

と、声をかけた。

「これは土久呂の旦那」

細面《ほそおもて》の、いい男である。歳は四十くらい。やくざには見えないが、しかし堅気《かたぎ》にも見えない。

「久しぶりだ」

「ええ。そっちの親分は初めてですね」

「浅草の源次だ。十手を預かってまだ日が浅いんだ。よろしくな」

と、源次が自分で名乗った。

「挨拶がわりにひとつ謎かけを。イノシシとタヌキとネコ。稲の実った田んぼで見つからねえのは？」

と、小次郎が薄ら笑いを浮かべて訊いた。

「猫は田んぼに行かなそうだが、たぶん猫じゃねえ。そうか、漢字か。猪と狸と猫。田の字がねえのは猪だ」

「当たりだ」

小次郎はうなずいた。

「源次の頭が切れることはわかったかい？」

と、凶四郎が訊いた。

「なあに、こんなんでわかることは知れてますよ。人間の賢愚《けんぐ》はもっと深いところにありましてね」

「おめえ、そこまでわかって、まだやくざやってんのかい？」

「そこは悩むところなんですよ。やくざってのは、ほんとにこの世にいらねえものなのかってね」

小次郎はなかなか理屈っぽい。

「それより今日は訊きてえことがある。二ノ橋のところに出てた花吉という夜鳴きそば屋なんだがな」

「ああ。消えちまったって」

すでに噂は回ったらしい。

「おめえ、みかじめ料を取ってたんだろう？」

「みかじめ料ったって、わずかなもんですぜ」

「花吉が自分で消えたとしたら、考えられるのは借金だ」

「ははあ」

「花吉はバクチはやったのかい？」

「バクチはやりませんね。少なくとも、あたしの知ってる賭場《とば》じゃ」

「だが、ここらには大名屋敷が多いぜ。しかも、たいがい殿さまは来ない中屋敷か下屋敷だ」

「ええ。そっちにも、あっしらは行くんですよ」

「行くのかい？」

「客引きのときもありますし、どういうバクチをしてるのか、見ておきたいですし」

「なるほど」

「あのそば屋は、どこでも見たことはありません」

「ふうむ」

「あれはバクチにはまる男じゃないと思いました」

「借金もないのか」

「みかじめ料も素直に払いました。ちっと素直過ぎた気がしますが」

「素直過ぎた？」

「いや、まあ、これはやくざの手ごたえのことで。まあ、賢いか、余計な騒ぎをつくりたくないか」

「花吉にも謎かけはやったんだろ？」

「やりました。見事、正解でしたよ」

　小次郎の長屋の路地を出るとすぐ、

「ほんとに消えたんですね。神隠しってやつでしょう。あるらしいですよ。子どものころから聞いてました」

　と、源次は言った。

「そんなもの、あるかね。人ひとりが、忽然と消えるなんてことが」

　凶四郎は信じられない。

　首をこきこきいわせた。なんとなく身体が重い。気分も重い。嫌なものを見た──というより得体の知れないものに出会ったときの、嫌な気持ち。

「今日は上がろう」

　と、凶四郎は言った。

「え？　まだ宵の口ですぜ」

「人ひとりが忽然と消えたなんてできごとを追いかけてると、おれまで消えていっちまいそうだ」

「まあ、あまりいい気分じゃないですね」

「おれは惚れた女のところに行って、膝枕で人が消えるのを題《だい》に、川柳でもひねることにする。源次、お前はどうする？」

「あっしも女のところにと言いたいけど、そういうのはいねえんで、おふくろの店でゆっくり酒でも飲みますよ」

「それがいい」

人間には休息が必要なのだ。

六

日本橋北。人形町《にんぎょうちょう》に近い葺屋町《ふきやちょう》。芝居町にも近く賑やかな町だが、川柳の師匠であるよし乃《の》の家は、横町に入ったところにある。

小さいがこじゃれた二階建て。売れっ子芸者のときに買っておいた。「これ、買ってなかったら、いまごろ路頭に迷っていた」という。

なにせ借金が千両。だが、二両二分はすでに返した。

「あら、土久呂さま」

いい笑顔で笑ってくれる。千両の借金があるとは、とても思えない。

長火鉢の前に座って、

「いまごろ、迷惑じゃなかったかい？」

と、凶四郎は訊いた。

「大丈夫よ。いまから遅い夕飯を食べるところだけど」

「遠慮せずに食ってくれ。おれは腹は減ってない」

「どうかしたんですか？」

「ああ。なんだか嫌な事件と関わっちまってさ。こういうときは、あんたの膝枕で川柳でもつくれたらなと思ってさ」

「どうぞ。こんな膝でよかったら」

「これは膝の借り賃だ」

と、わざわざもどって藤兵衛のところで買って来た卵焼きの折詰を渡した。凶四郎には甘すぎたが、あのあたりのおんなたちには、本当にたいそうな人気らしい。

「あら嬉しい。佃煮でお湯をかけて食べるつもりだったの」

「甘すぎるかもしれねえよ」

「卵焼きは甘くなきゃ」

「そうなの？」

「ご飯のおかずになるのよ」

「……」

この女は素晴らしくいい女だと思うが、食いものの好みに関してはややずれるところがありそうである。

よし乃がさっそく食べ始めた。

うまそうに食べる。あまりにもうまそうなので、

「飯は余ってないよな？」

と、訊いてしまった。

「あるわよ」

「もらおう」

凶四郎も食べると、意外にうまい。甘いものがおかずになるなんて、思ってもみなかった。

「おいしいでしょ」

「ああ」

「だから、甘いおかずもおいしいのよ」

「身体には悪そうだぞ」

たちまち食べ終えて、そんなことを言った。

「そうかも。でも、いつもじゃないから」

よし乃が片付けを終えるのを待って、膝枕になった。むっちりして、いい感じである。

「高過ぎない？」

「ちょうどだね。おれのための膝みたいだ」

紙と筆を手にし、川柳をひねろうとするが、浮かばない。まだ、あのことが気になっているのだ。

紙に○を一つ描いてみる。そば屋の花吉である。

さらに○を二つ描き込む。喜助と平次が来た。

そしてもう一つ、あとで来た作兵衛の○。

だが、まもなく花吉の○は消えた。

そんなことは、あり得ない。パタッと死んだりはする。サッと逃げたりもする。

だが、スッと消えるなんてことはない。あそこからは誰も逃げていないと、辻番の番士も証言したのだ。

あり得ないということは、客の三人が嘘をついたのか。

あの喜助と平次は嘘を言っていない。これはまだ、勘の範疇《はんちゅう》である。

作兵衛はなにか嘘を言ったのかもしれない。

——え？

とんでもない考えが浮かんだ。

「消えたんじゃねえ」

凶四郎はつぶやいた。

「なにがです？」

よし乃が訊いた。

「うん。こういう騒ぎがあったのさ」

と、凶四郎は、そば屋の花吉の件を話した。

「まあ、怖い」

「でも、それは嘘なんだ」

「嘘？　消えたというのが嘘ってことですか？」

「ああ」

「でも、じっさいいなくなってるんでしょ？」

「いなくなってなかったんだ」

「どういうこと？」

「客のなかにそば屋がいた」

「え？」

「そば屋の花吉と、客の作兵衛が同じ人間だってこと」

よし乃は上から、膝にのった凶四郎の顔を見つめ、

「そんなことできるんですか？」

と、訊いた。

「できないと、困るんだよ」

非常に困る。でないと、人間はスッと消えるものになってしまう。

「だって、顔が違うんでしょ？」

「なあに、夜鳴きそば屋のおやじの顔なんか、ろくに見ちゃいねえんだよ。いくらでも化けられるさ」

と言ったが、凶四郎自身、半信半疑である。

花吉は、眉毛が濃く、熊みたいな顔だったと言っていた。

作兵衛は、逆に薄い眉で、髭もまるでなく、日焼けした肌だった。

だが、眉も髭も毛抜きで抜くことができるのだ。

「どっちにせよ、調べは明日だ」

凶四郎はそう言って身を起こし、よし乃をやさしく抱きすくめた。


翌日——。

凶四郎は源次に会うとすぐ、

「客を調べるぜ」

と、言った。

「あいつらは嘘をついてるんだ。一人か、二人でつるんでか。あるいは三人全員が口裏を合わせてるかだ」

「どういう嘘なんです？」

「花吉と作兵衛は同じ人間」

「ええっ」

「入れ替わっただけだ。人間が消えるわけがねえ」

「はあ……」

源次はしばらく啞然《あぜん》としたが、

「だが、それで腑に落ちますね」

と、すっきりした顔になった。

「だろう。まずは、作兵衛がほんとに仙台藩の下屋敷にいるかどうかだな」

「わかりました」

麻布の仙台坂が、そう呼ばれるのは、仙台藩の下屋敷があるからである。上り切って広尾のほうに下ると、南部藩の下屋敷わきに南部坂がある。

「客を？」

「ここはあっしが」

と、源次が門番の中間に近づき、いろいろと訊き込んだ。

凶四郎はそのあいだ、坂の上の稲荷神社の境内で、ぼうっとしながら昨夜の余韻にふけった。なんであんないい女といっしょになれないのか。人がスッと消えたかわりに、千両箱が一つパッとあらわれてくれないものだろうか。

しばらくして源次がやって来た。

「どうだった?」

「作兵衛はほんとにいます。雇われ中間ですが、近ごろ、屋敷の模様替えをするので住み込みになったそうです」

「近ごろか」

「顔も見せました。でも、ああいうところはやりにくいですね。面倒ごとは嫌われるので、町方の人が訪ねて来たりすると、お払い箱になるかもしれないから、もう勘弁してくれときました」

「なるほどな」

「とくに怯えてるふうではなかったです」

「ふうむ」

次に、喜助と平次を探ることにした。

東町の番屋で訊くと、二人は同じ長屋に住み、同じ親方のところに通っているらしい。その親方も近所にいて、訪ねると、ちょうど現場から一人でもどったところだった。

ここも訊くのは源次にまかせ、凶四郎は外の通りに立って耳を澄ませた。

「喜助と平次？　あいつら、なにか、しでかしたんですかい？」

親方はしゃがれ声で言った。

「違うんだ。あいつらは、人が消えるのを目撃したもんでね」

「ああ、それね。現場でもべらべらしゃべってました。あっしは、そんな馬鹿なことはねえ、てめえらが酔っ払ってただけだと、話なんか聞きやしませんでした」

「ところが、本当みたいなんだよ」

「え？」

「あいつらはいくつだい？」

「喜助が二十五、平次が二十三です」

「親方のとこは長いのかい？」

「どっちも十三のとき、ここに弟子入りしてきました。もうちっと腕を上げてていいんだけど、暢気な野郎たちでしてね。一家を構えるなんて、まだずっと先でいいなんてぬかしてましてね」

向上心を持たない人生は楽なのである。あの二人には、顔にその楽さ加減があらわれていた。

「借金こさえたりはしてねえかい？」

「あいつらがですか？　そんなことしてたら、あっしが張り倒してやりますよ」

「ほかに友だちもいるんだろ？」

「どうですかね。あいつら二人は兄弟みたいに気があって、いっつもつるんでますぜ。そうですか。消えたのは、ほんとの話なんですか」

親方は、早く現場にもどって、二人から改めて訊くつもりのようだった。

もどって来た源次に、

「やっぱり、喜助と平次は嘘をついちゃいねえな」

と、凶四郎は言った。

「左官やってて、夜鳴きそば屋もやるってのは難しいでしょうしね」

「だよな」

「どうしましょう？」

「確かめよう。大家と長屋の誰かを連れて来て、面通しをさせるんだ」

さらに翌日――。

藩邸のなかで模様替えをしていて、建具《たてぐ》屋などがしょっちゅう出入りしている。中間たちも荷物運びを手伝っていて、作兵衛もそのなかにいる。

大家の藤兵衛と、この前、井戸端にいた女——おくにという名だったが、その二人に、門前にある甘味屋のなかに待機してもらった。

「来た。ほら、あの、荷車の後ろにいる男だ。花吉ではないか？」

凶四郎が訊いた。

大家はすぐ、

「いやあ、別人ですよ」

と、首を横に振った。だが、おくにのほうは、

「似てるかもしれません」

と、言った。

「そうか」

「でも、どこがって言われるとわかりません」

凶四郎は唸《うな》って、

「失敗したな」

「どうしてです？」

源次が訊いた。

「最初に花吉の名前を出さず、誰かに似てないかと訊けばよかったかもな」

「いや、かえってわからねえと思いますよ」

どっちにしろ、もうやってしまったことだった。

「こうなりゃ、呼びかけてみるか。花吉の名で」

「それは面白いですね」

おくにに頼んだ。二分の駄賃をやると、「この子に綿入れを買ってやれます」と顔を真っ赤にして喜んだ。

花吉がもどって来た。

凶四郎と源次は、格子窓からのぞきながら、固唾《かたず》を飲んで、その瞬間を待っている。

「よし、いまだ」

おくにが赤ん坊を背負ったまま、甘味屋から出て、

「あら、花吉さんじゃない？」

声をかけた。

空の荷車を押して来た作兵衛がこっちを見た。

一瞬微笑んだ。「おう、おくにさん」とでも言えば、間違いない。

笑みはすぐに消えた。

「誰だい、あんた」

そのまま通り過ぎて行く。おくには困った顔でこっちを見た。

「旦那、どうです？」

源次が訊いた。

「難しいな。知り合いに対する顔だったようにも見えたが、確信は持てないな」

「でも、旦那。もし、ほんとに作兵衛と花吉が同じ男だとしたら、なんで、そんなことをしなくちゃならないんです？」

源次が訊いた。

「それだよな」

凶四郎にもさっぱりわからない。

七

結局、凶四郎は、根岸に相談した。翌朝のことである。

事細かに状況などを説明し終えると、朝飯を食べながら聞いていた根岸だったが、

「それしかないだろう」

と、凶四郎の目を見て、大きくうなずいた。

「といいますと？」

「花吉と作兵衛は同じ人間だよ」

「やはり」

「よく見破ったな」

「でも、わからないのです。姿を隠したいなら、ただ、いなくなればいいでしょう」

「いなくなりたいが、近所にはいたかったら？」

「ああ」

凶四郎はすぐに納得した。その筋があった。

「なにか悪事の一環でしょうか？」

さらに訊いた。

「ううむ。悪事ねえ」

「でなかったら、あんな手のかかることはやらないでしょう。いまんとこ、一銭の得にもなってませんし」

「うっかり手を出した女から逃げたかったら？」

「なるほど。よほど怖い女なら、そこまでやるかもしれませんね」

「いやいや、それは冗談だよ」

「そうなので」

「まだ先があるんだ、土久呂」

「先が？」

「もしかしたら、わしが頼まれている件とつながるのかもしれぬ」

「お奉行が？」

「うむ。麻布の高台にある旗本屋敷で、ちょっとした異変がな」

「麻布の高台ですか」

「じつは、そなたに探索を頼むつもりだった」

「ははあ」

「そのうち見えてくる。そなたはそれを先取りして見たんだ。誰にでもできる推測ではない。土久呂凶四郎でなければできぬことさ」

根岸はそう言った。

この夜——。

凶四郎はまた、早めに夜回りを終え、よし乃の家に寄った。

顔を見てすぐ、

「なんだか嬉しそう」

と、よし乃は言った。

「たまには外で飲まねえか？」

売れっ子芸者だったくらいだから、酒は好きなのだ。千両の借金のために我慢している。

「もちろん、おいらのおごりだ」

「どこ行きます」

「料亭なんざ無理だぜ」

「ええ。ざっかけないところでけっこうですよ」

源次の母親がやっている店に行ってやりたいが、浅草はちと遠い。

「そっちにうどん屋なんだけど、酒も飲ませる店があったろう」

「ああ。気難しそうなおばちゃんのやってる店」

「あそこに行こう」

肩を寄せ合うように、その店ののれんを分けた。

うどんに載せる天ぷらを肴にして、飲み始める。

「ねえ。嬉しいことはなに？」

よし乃が訊いた。

「なあに、たいしたことじゃねえ。上司にちょっと褒められたんだ。男も褒められると嬉しいものなのさ」

「まあ」

そう言った凶四郎の横顔を見ながら、よし乃は言った。

「なんか妬《や》けるんですけど」

八

同じころ――。

松平定信が根岸のところにやって来た。

「そなた。山崎から、まだ斬りつけられていないのか」

いきなり訊いた。

「生憎《あいにく》ですが」

そう言うと、定信は心なしかがっかりしたようである。

「なんだったのだ、あれは？」

「じつは……」

定信に隠しごとはできない。事情を話した。

すると定信は、

「沼か。沼の話か。じつは、わしは沼が大好きなのだ」

と、意外なことを言った。

「御前は逆なのでは？」

白河《しらかわ》藩主だし、狂歌では「元の濁りの田沼《たぬま》恋しき」などとうたわれた。田沼意次《おきつぐ》は定信が幕閣から追い払った人物でもある。

「そう思うよな。だが、わしは昔から沼というのに心惹かれておった。湖でも池でもない。沼だ」

「湖と池と沼の違いとは、どこにあるのでしょう？」

と、根岸が訊いた。

「そんなこともわからぬのか？」

「湖は大きいですよね。縁《ふち》に立って、向こう岸が見えないようなものは湖でしょう」

「なるほど。では、池と沼は？」

「それは難しいですね。池は水が澄んでいて、沼は濁っています」

「そんなことはない。きれいな水の沼もある」

「池には、河童やお化けは出ませんが、沼には出るという噂がありますな」

定信は苦笑して、

「そなたらしいな。だが、違う。よいか、根岸。池というのは、しょせん人がつくったものだ」

「ああ」

「沼は大自然の雄大な営みのなかから、自然に生まれたものだ」

「なるほど」

定信の自信たっぷりの話には、説得力もあった。

「あの、水草が繁茂《はんも》して、底があるのだかないのだかわからない深い沼。縁に立つと、思わず一歩下がってしまう。そなたが言うように、河童だのお化けだのも出て来そうだ。いや、じっさい出るのだろう。なんだろう、あの魅力は。わしは国許でも、沼があると聞くと、必ず見に行ったものさ」

定信はうっとりした口調で言った。

「………」

嫌な予感がしてきた。

案の定、定信は言った。

「根岸。その沼、わしも見に行こう」

第三章　つながる沼、あいだに暗闇坂

一

午後遅くになって──。

土久呂凶四郎が、麻布の高台にある山崎家にやって来た。凶四郎にしたら、この刻限は朝いちばんの仕事という感じである。いっしょに来た源次も、眠そうにしている。

今朝、根岸から改めて、

「山崎家のがま池を調べてくれ。用人からの頼みで、そなたが行くことも連絡してある」

と、言われていた。

奉行所を出るときには、いまは吟味《ぎんみ》方《かた》にいる栗田《くりた》次郎左衛門《じろうざえもん》から、

「お奉行からちらりと聞いたが、また麻布でなにか起きているらしいな」

と、囁《ささや》かれた。

「そうなんだよ」

「あそこはいろいろ起きるぞ。数年前もごたごたがつづき、おいらと、いまは駿河《するが》台《だい》の屋敷にいる坂巻弥三郎《さかまきやさぶろう》とで、ずいぶん駆けずり回ったものさ」(『麻布暗闇坂殺人事件』)

「そうだったのか」

「七不思議は知ってるか?」

「もちろんさ。今度もがま池がからんでいる」

「がま池が? あそこは、たしか旗本の屋敷のなかだろう。そりゃあ、こじれそうだ」

栗田は心配そうに言ったものである。

大黒坂《だいこくざか》を上って、善福寺の裏の通りから山崎家の門の前に来て、

「これはお旗本の屋敷なんですか?」

と、源次が訊いた。白壁の塀がずうっと、仁王《におう》が締めるふんどしのように長くつづいている。

「ああ。ほとんど大名屋敷だよな」

根岸の屋敷の十倍ではきかないだろう。

門番に名乗ると、すでに話は通っていて、待っていたらしい若侍に、用人の北野丈右衛門のところへ案内された。

「すまんな」

北野は凶四郎と源次を困った顔で見て言った。悪い人間ではなさそうである。

「池になにかがいるとうかがいましたが」

「うむ。まずは、その池を見てもらおうか。根岸さまにも話したのだが、池というよりは沼そのものなのだが」

母屋の廊下からは見えない。ここから見えているのは、端正なつくりの枯山水《かれさんすい》ふうの庭である。その庭に下り、築山《つきやま》をぐるりと回ると、大きな池が現われた。

「これは……」

凶四郎は源次と顔を見合わせた。

武家屋敷によくある池とは、まるで趣が違う。

かなりの広さがある。根岸には言えないが、駿河台の根岸の屋敷全体が、この池にすっぽり入るくらいはある。しかも、ひっそりと空を映したその佇《たたず》まいが、突如、深山幽谷《しんざんゆうこく》のただなかに連れて来られたようなのである。江戸の、しかも高台にある池とは思えない。熊やムササビが暮らす谷の奥こそ、この池の場所にふさわしい。

周囲は、樹木が多く、水辺が近づくと、葦《あし》や笹《ささ》、それから名前がわからない緑の濃い草などが繁茂している。丈もあって、かき分けて前に行けば、いきなり池に落ちそうである。

「水辺だからか、よく繁ってな。刈っても刈ってもひと月もすれば元のようになる。それはとうに諦めている」

北野は言った。

「ははあ」

どうにか池の縁に出られるところがあり、そこでようやく水面を目の前にした。その水のなかをのぞき込み、指を入れたりもして、

「意外に澄んでますね」

と、凶四郎は言った。

「このあたりはな」

「濁っているところもあるので？」

「というより、水草が繁茂して、よくわからぬところがほとんどだ」

「なるほど」

凶四郎は、かたわらの枯れた葦の枝を取り、池に突き刺してみた。深さを調べようと思ったのだ。

「え？」

枝はなかなか底につかない。四尺（約一・二メートル）ほどの枝が、足りなくなった。枝がなにかに引っ張られるような感触もある。

「深いですね」

「深い。ここらでも五尺（約一・五メートル）」

「そんなに」

「真ん中あたりはどれくらい深いのか、屋敷の者でもわからぬ」

ざぶん。

という水音がした。

「鯉《こい》でもいるので？」

「それが不思議でな。鯉が育ちそうであろう」

「ええ」

「育たぬのだ。何匹か入れたこともあるが、いつの間にかいなくなっている」

北野は、若い妾に逃げられたような寂しげな顔で言った。

「それは奇妙ですね」

では、いまの音はなんだったのだろう。鯉並みに育った鮒《ふな》でもいるのかもしれない。

「この十年ほど、わしもここには近づいたことがなかった。それは、屋敷のほかの者も同じではないかな」

「だが、山崎さまは何かを見たのでは？」

「殿も近づいて見たわけではない。ほれ、あそこから、この池を見下ろすことができる」

北野が指差したあたりは、屋敷の二階に当たるところだった。

「とりあえず、ぐるりと一回りしたいですね」

と、凶四郎は言った。

「できるかのう」

「やってみます」

池の縁には、ところどころ敷石がしてあり、それを伝ってぐるりと回れそうである。

「源次。行くぜ」

と、回ろうとしたとき、

「北野さま」

さっき門のところにいた若侍がやって来た。

「どうした、松倉《まつくら》？」

若侍は松倉というらしい。まだ二十二、三で、体格はいいが、穏やかそうな顔をしている。言葉に訛《なま》りもないので、江戸育ちではないか。

「暗闇坂下《くらやみざかした》の宮下町《みやしたちょう》の町役人がやって来まして、北野さまにお見せしたいものがあると」

「見せたいもの？」

「なんでも、下の沼に、当家のものらしい漆器《しっき》などが浮いていると」

「なに？」

北野は眉《まゆ》をひそめ、少し考えて、

「待たせておけ」

と言ったが、凶四郎は、

「それは、もしかしたらこのたびの異変とつながりがあるかもしれませぬぞ。その話、わたしも伺いたいものです」

と、言った。

「さようか。では、玄関わきの部屋に通してくれ」

それから、北野が直接、面会し、凶四郎と源次は隣の部屋で聞き耳を立てることになった。

「これです。ここに文様《もんよう》も」

と、町役人は盃《さかずき》などをいくつか見せている。

家紋が入っているらしい。

「これは」

「扇《おうぎ》のなかに四目結《よつめゆい》が入ってますでしょう」

「うむ。これは近江《おうみ》佐々木家の流れを汲む当家のものに違いない」

「やはりそうでしたか。ときおりお駕籠や提灯をお見かけしていたので、山崎さまのご家紋だったはずだと」

「なぜ、これが……」

「じつは、近所の連中が、こちらのがま池とつながっているのでは、などと噂をしておりまして。そういうことはないと思うのですが」

「つながっている……」

「いえ、ただの噂でして」

町役人は気まずそうに口を閉じた。

「それはともかく、わざわざご苦労であった」

と、用人は町役人を帰らせたあと、すぐに松倉を呼んで、事情を訊いた。

凶四郎もこのときはその部屋に入り、届けられた盃などを見せてもらった。漆塗《うるし》りのこぶりの盃で、ほかに漆器の小皿もあった。

「じつは、台所の品が幾つかなくなっているみたいです。もしかしたら、例の

「……」

と、松倉はなにか言いにくそうである。

「事情があるみたいですね？」

凶四郎は訊いた。

「これは、がま池とは関わりのないことと思いたかったのだが、そうもいかぬようだ。じつは女中が一人いなくなっているのだ」

と、北野は言った。

「いなくなっている？」

「国許から来たばかりの娘で、江戸に知り合いもおらず、出かけるはずがない。また、出かけたのを見た者もおらぬ」

「いつからです？」

「一昨日あたりから」

「だが、まだ見つかっていない？」

「そうですな」

「ははあ」

どうも容易ならざる事態が起きているのではないか。

二

同じころ——。

根岸肥前守もまた、宮尾玄四郎《みやおげんしろう》と椀田豪蔵を供に、駕籠は使わず徒歩で、麻布にやって来ていた。松平定信から急な連絡が来て、今日の午後に山崎主税助の屋敷にある沼を見に行きたいので、供をしてくれというのである。なにせ、根岸を町奉行に抜擢《ばってき》してくれたお人ゆえ、多少のわがままは聞いてやるしかない。山積みの書類の処理も差し置いて、参上したというわけである。

ただ、この近くに亡妻のたかが眠る永伝寺《えいでんじ》があるので、根岸は一足先に来て、かんたんに墓参を済ませ、山崎家の門前で定信の到着を待つことにした。

すると、ちょうど土久呂凶四郎が、山崎家から出て来た。

「お奉行。どうなさったので」

凶四郎は驚いて訊いた。

「うむ。急にこちらにうかがうことになってな。白河の御前が、この沼にひどく興味を持たれ、見に行きたいから付き合えというのさ」

「そうでしたか」

「用人の北野とは会ったのだろう。どうであった？」

「じつは……」

と、根岸は凶四郎からさっきの話を聞いた。

「暗闇坂下の沼と、ここの池がな」

根岸も不思議そうに首をかしげた。

と、そこへ――。

松平定信の駕籠が到着した。降り立った定信は、今日も洒落《しゃれ》た身なりである。やけに光る白い着物だが、目を凝らすと、さりげなく金糸や桃色の刺繍がほどこされている。かねて推進していた質素倹約とはずいぶん矛盾するようだが、定信にしたらこんなものは贅沢《ぜいたく》に入らない。

「根岸。忘れてしまった」

定信は、厠《かわや》のあとの手洗いでも忘れたくらいの、軽い調子で言った。

「なにをお忘れです？」

「山崎家に連絡をするのをな。いきなり来てしまった」

「え」

根岸はてっきり、定信が使いを出していると思っていたから、

「御前。それはいくらなんでも」

と、眉をひそめた。いきなり元老中に訪ねて来られた山崎家の慌てぶりを想像し

ただけでも、同情してしまう。もっとも、定信にこういうのは珍しくなく、根岸のところに来るときも、たいがいいきなり現われる。

「そうか。根岸、なんとかしてくれ」

定信に言われたら、どうしようもない。根岸は、振り返って凶四郎に、

「そなた、ちょうど出て来たばかりだ。もう一度、もどって、楽翁《らくおう》さまの到着を伝え、うまく取り持ってくれ」

「わかりました」

と、凶四郎は門番に再度の来訪を告げ、もう一度、なかへ入った。

それからほどなくして、用人の北野が、高すぎる請求書を持ってきた料亭のあるじみたいな姿勢で、飛び出して来た。

「これはこれは白河さま。なんのおもてなしもできずに恐縮ですが」

「もてなしなどよいのだ。気の置けない友人が訪ねて来たと思ってくれ。友だちだ、友だち」

松平定信をいきなり友だちと思えと言われても、どうしたって無理だろうが、定信のほうは、友だちと言ったら、友だちなのである。

「さ、さ、どうぞ。とりあえず、当家のあるじがご挨拶させていただきます」

静かな屋敷である。人ひとりいないという感じさえする。駿河台の根岸の屋敷は、

つねに子どもの声だの犬猫の声、さらに近所を通る物売りの声などで、なにかしらの音がしている。

　客間に通された定信のもとに、当主が挨拶に出た。

　上背はかなりあるが、ひどく痩《や》せている。顔色は青いというより、どす黒い。

「先日は、城内でお声かけいただきまして」

と、山崎主税助は言った。根岸に斬りつけるかもしれないと言ったときのことだろう。山崎はひどく緊張している。

「かしこまらなくてよい。わしのわがままで突如、参ったのだ。じつは沼が大好きでな。ここの沼の話を聞いたら、見たくてたまらなくなったのだ」

「そうですか」

「山崎、国許へは？」

　定信が訊いた。

「まもなく向かうことになっているのですが」

「もしや初めてか？」

「はい」

　交代寄合というのは、むしろ国許にいるのが本来なのだ。それで、参勤交代で江戸にやって来るのである。江戸で育ったらしいこの新しい当主も、やがてそういう暮らしになるはずである。

「さぞや、待っているだろう」

「それが……」

山崎がいいにくそうに口ごもると、

「殿は身体を悪くなさって、出立が遅れておりまして。家中の者の多くはすでに国許へ向かい、こちらは人手も少なくなっております」

控えていた用人の北野が言った。

「さようか」

「白河さまがお見えになるのに、満足な供応もできませんで」

「そんなこと、気にするな。それより、沼を見せてくれ。がま沼を」

勝手に名前まで変えてしまっている。

定信と山崎主税助を先頭に、根岸や用人の北野、さらに定信の家来や凶四郎と源次などがぞろぞろと後につづいた。沼見物というより、墨田川の花見である。

がま池の前に立ち、

「これか」

定信は息を飲んだ。

「がま沼でございます」

山崎主税助が、機転を利かせて沼と呼んだ。

「これはいい沼だ」

沼の通でもある定信が見ても、いい佇まいらしい。

「そうでしょうか」

「うむ。深みを感じさせるが、水は濁ってはいない。だが、水草のせいなのだろう。底は見えず、そのくせ水明《すいめい》だ。ああ、空も雲も、仰いでみるより、この水面に映っているほうが美しい」

定信に言われてみると、たしかにそうである。根岸はその観察眼に、ひそかに感心した。

「こういうのは、なかなかあるものではない」

「そうなのですか。じつは、国許にもこれとそっくりの沼があり、それは深泥沼《みどろぬま》と呼ばれているらしいのですが」

と、山崎主税助が言った。

「国許にも！　深泥沼！」

定信は羨ましそうな顔になり、

「山崎は沼に恵まれているな」

と、真面目な顔で言った。

「畏れ入ります」

　山崎が答えたので、根岸はその後ろで、　笑いを嚙みしめるのに苦労した。　沼に恵まれているという言い方は初めて聞いた。

「だが、これだけの沼だと、良いことだけはもたらさぬぞ」

「さすがに楽翁さま」

「奇怪なできごとがあるらしいな」

定信は、昔からある伝説について言ったのである。この池には仙人が棲んでいて、山崎家の家臣を二人死なせただの、そのお詫びに火事を消しただの、がま池にはさまざまな伝説がある。だから、麻布七不思議のひとつに数えられてきた。

だが、用人の北野はすでに先ほどの話が伝わったと誤解したらしく、

「じつは、このがま池と、北のほうに暗闇坂という坂があるのですが、そこを下った右手にあります沼とがつながっているのではと」

と、説明した。

「面白いのう」

「そんなことはないと思うのですが」

用人も自信がないのだ。

「試してみればよいではないか」

定信は手を打って言った。

「試す？」

北野は困った顔で、横にいた根岸を見た。

「御前。どのように試されます？」

根岸が訊いた。

「そうだな……」

定信はいっしょに来ていた松平家の若侍に、

「なにかあったか？　葵《あおい》の紋を入れた小物が？」

と、訊いた。

「そうですね。御前がご愛用の筆には、小さく紋を入れておりますが」

若侍はそう言って、持ち歩いている小箱から、定信愛用の矢立《やたて》を取り出した。

「うむ。それがよい。矢立もいっしょに放ることにしよう」

と、定信は葵の紋のついた筆と矢立を思い切り池に向けて放った。

ぽちゃり。

と、音がして、筆と矢立が水面に輪を広げた。筆は浮いているが、矢立はある程度の重さがあるらしく、細かく浮き沈みしている。

「まあ、多少、日にちはかかるだろうが、そのうち結果は出るかもしれぬな」

定信は嬉しそうに言った。

ところが——。

結果は思いがけなく早く出たのだった。

三

翌朝——。

麻布暗闇坂界隈は、深い朝靄《あさもや》に包まれていた。ここらでは珍しいことではない。一説ではこのあたりに湯脈があるらしく、一帯は地熱を持っているらしい。そのため高台と谷間の温度差のせいで、靄だの霧だのが出やすいのだという。

その朝靄のなかを麻布宮下町の裏長屋に住む猿吉《さるきち》という少年が、暗闇坂下の沼のほとりにやって来た。

まだ、陽は頭をのぞかせたばかりの刻限である。

猿吉は十一歳。身体は小柄なほうだが、顔つきは年齢を五倍させたくらい老けた表情になっていて、生活苦さえ感じさせる。

手には、釣り竿というのも恥ずかしい竿を持っている。糸はついていない。糸がなければ針もない。糸や針を贖《あがな》う銭がないのだ。

猿吉は、池のほとりの地面を掘り、小指ほどの太さがあるみみずを捕まえると、これを竿の先に直接ぶすりと突き刺した。こうして、先っぽを沼のなかに突っ込んで、釣りをするのである。

これで、なにが釣れるのか。

すっぽんが釣れるのである。

この沼には、鮒もいるが、あらかた釣りあげられ、ほとんど生息していない。それでなくても、糸も釣り針もないのだから、鮒は釣れるわけがない。

だが、すっぽんなら食いついてくれるため、まれに釣れるのである。

嫌われもののすっぽんだが、食う人がいる。

そのため近所の飲み屋で、これを買い取ってくれる。どじょうより下等とされるが、味は絶品らしい。

竿を沼に入れ、しばらくじっとしていたが、

――ん？

縁から一間（約一・八メートル）ほどのところに、筆が浮いているのに気がついた。

猿吉は竿を引き上げ、それで筆を引き寄せた。

「へえ」

手に取って、その筆をじいっと見た。

猿吉は手習いにも行ってないし、字も書けない。だが、筆は見たことがあるし、それで字というものを書くことも知っている。

「これは売れるかも」

と、ほくそ笑んだ。

さらに見回すと、なにやら浮き沈みしているものがある。

これも竿で引き寄せた。

「なんだ、こりゃ」

棒のようなものだが、漆塗りで、上等なものには間違いない。こちらは何に使うものか、さっぱりわからない。だが、これも売れそうな気がして、筆といっしょに懐に入れた。

「ほかにもあるんじゃないか」

沼をぐるりと回ってみることにした。

ちょうど反対側まで来たとき――。

水草のなかに、きれいな白い足が見えた。

――死んだおっかさんも、こんな足をしてたのかな。

そんなことも思った。

恐怖がこみ上げたのは、それからだった。突如、

——これは死体だ！

と悟ったのだ。

「ぎゃあ」

悲鳴が出た。

それから、こういうときは番屋に報せるのだと思い、草むらを分け、よろめきながら駆け出していた。

凶四郎は眠りについたばかりだった。

暗いうちばかりか、明るくなってもなかなか寝付けない凶四郎だったが、近ごろはニワトリやカラスの声を聞いたあとだと、すんなり眠れるようになった。

しかも、いったん寝入ってしまえば、午後遅くまで、夢も見ずに眠りつづける。

だが、いまは夢を見ていた。

猫がやって来た。戸は閉めてあるのに、尻尾を使って巧みに戸を開け、

「みゃあ」

と、話しかけてきた。

「みゃあみゃあみゃあ」

と、人の声みたいに話す。

「うるさい。おいらは寝たばかりだぞ」

凶四郎は、夢のなかで言った。

根岸が飼っている黒猫ではない。

だいいち、眉毛がある。まれに、眉のようなものがある犬は見たことがあるが、猫の眉毛は見たことがない。

――変な夢だなあ。

と思ったとき、さらにはっきりした声が聞こえた。

「土久呂。すまんな。寝たばかりだろう」

目を開けると、根岸家の家臣である宮尾玄四郎がいた。猫ではなく、宮尾が呼んでいたのだ。

凶四郎は眼をこすりながら、

「なにか、あったのか？」

「ああ。麻布の宮下町の番屋から報せが来た。例の暗闇坂の下にある沼で、女の死体が浮いたそうなのだ。もしかしたら、山崎家の話にからむかもしれぬ」

「そりゃあ、からむだろう」

と、凶四郎はまだ横になったまま言った。からまないわけがない。

「とりあえず、わたしが行ってみるが、やはりあんたにも報せたほうがいいだろうと思って」

「それはかたじけない」

「どうする？」

「もちろん行くよ」

凶四郎は飛び起きて、宮尾とともに麻布に向かった。

四

目立たない場所であり、番屋の者の配慮もあって、野次馬の姿はなかった。

いちおう遺体は引き上げられ、むしろがかぶされてあった。その横には、近所の子どもが拾ったという筆と矢立も置いてあった。葵の紋がついている。昨日、松平定信が放ったものに違いなかった。

凶四郎は遺体のわきに腰を下ろし、むしろをそっとめくった。

まだ幼さが残る若い娘だった。

「死んだばかりだな」

わきで宮尾が言った。

「ああ、眠っているようだ」

と、凶四郎はうなずき、いちおう娘の首に指を当てて、脈のないのを確かめると、腹に両手を当て、強く押した。

ぶっ。

と、娘は水を吐いた。泥が混じった濁り水だった。

着物は着崩れしていない。暴れたようすもない。

傷なども見当たらない。

「どう見る？」

宮尾が訊いた。

「身投げの線だろう」

と、凶四郎は言ったが、確定したわけではない。

着物などから、屋敷の女中ふうである。

「いなくなったという女中かな」

と、宮尾が言った。

「おそらくな。用人を連れて来よう」

凶四郎は自ら暗闇坂を上り、山崎家に行くと、門番に言って、用人の北野を呼んでもらった。

「下の沼に、若い女の遺体？　わかった。すぐに確かめに参る」

北野は、これまでも顔を見せていた若侍の松倉を呼んだ。二人を連れて、凶四郎は下の沼のほとりにもどった。

遺体の顔を見た北野は、自信がないらしく、

「どうだ？」

と、松倉に訊いた。

「間違いありません。当家のおみつです」

その返事を受けて、

「当家の女中だ」

と、改めて北野は凶四郎に言った。

「いなくなっていたという女中ですね？」

凶四郎が問うと、

「それが、じつは、昨日の夕方、いつの間にか屋敷にもどったのです」

と、松倉が答えた。

「そうなので。いつの間にかというと？」

「問いただしたのですが、なにかぼんやりしてよくわからないと。若い娘に無理に聞き出そうとすると、泣いたりしますので」

松倉は当惑した顔で言った。

「同感ですよ」

「それで、しばらくあいだをおいて訊ねようと思ってました。まさか、こんなことになるとは」

「傷も、暴れたようすもありません。身投げかもしれません」

と、凶四郎は言った。

「ええ。昨夜も、おみつは身投げをしてもおかしくないような、気のふさぎようでした」

「そうですか」

「夜中に大きな水音を聞いたという者もいました」

「水音を……」

松倉は、眉根に皺を寄せ、

「それが今朝は、この沼に浮いていたとなると、やはり、上の池とこの沼はつながっているのでしょうな。楽翁さまが放られた筆や矢立もありますし」

と、言った。

「………」

宮尾は何も言わない。

凶四郎は、女が暗い水底へと沈んでいき、それから穴に吸い込まれていくような光景を想像した。

いまのところ、そう考えるのが自然なのかもしれなかった。

五

宮尾玄四郎は、麻布まで付き合ってくれたが、根岸家の雑用も担当しているため、忙しい男である。

しかも、椀田豪蔵とともに根岸の警護も担当している。山崎家の騒ぎに関わるゆとりはまったくない。そこで、

「人手が足りぬだろう」

と、根岸はしめに声をかけた。

しめは、つねづね根岸の手伝いがしたくてたまらない。

「お奉行さま。そのお言葉、待ってました」

と、子分の雨傘屋とともに手伝うことになった。しめは、屋敷内で訊くべきことを、根岸からとくに頼まれたらしい。

土久呂凶四郎と源次に加え、四人で山崎家を訪ねた。

「ぜんぶで四人になったか……」

用人の北野は、鬱陶《うっとう》しそうな顔になった。

本来、町方の人間が大勢、屋敷に出入りするのは、どこの家でも嫌がることだろ

うが、なにせ家中の女の死体が屋敷の外の町人地で見つかった。拒否すれば、痛くもない腹まで探られると思ったのだろう。

「仕方あるまい」

と、いまいる屋敷の者たちに、改めて紹介してくれた。

このあいだまでは、三十人以上の武士と、女中や中間、下働きの者などがやはり二十人近くいたらしいが、殿さまより先に国許へ帰ってしまったので、いまは武士が七人に女中、中間、下働きの者が十人ほどいるだけになっていた。

武士をのぞいた者たちに、しめと雨傘屋を、

「よろしく頼む」

と、引き合わせてみれば、つねづね出入りしている野菜売りや植木職人と違わない風体の二人である。

「こちらこそ、よろしくお調べを」

と、女中や下働きの者たちも、おみつの変死については聞いていたらしく、二人の出入りも納得したらしかった。

しめはさっそく、誰彼かまわず話しかける。

「亡くなったおみつさんなんだけどさ、誰かに憎まれたりしてたのかね?」

「そんなことはねえだろう。国許からこっちに来て、まだ十日ほどだったんだぜ。

よっぽど、態度が悪けりゃ、十日で憎まれることもあるかもしれねえが、おとなしそうな娘だったもの」

と言ったのは、近所の一本松町《いっぽんまっちょう》から来ている飯炊きの坪平《つぼへい》だった。

「この屋敷は、いつもこんなにひっそりしてるの？」

「国許から来ておられたお侍たちが、この前、帰国してしまったからね。残っているのは代々、江戸屋敷勤めの人たちと、あたしらみたいな近所で雇われた者だけだよ」

と、台所を手伝うおまさが言った。

このおまさには、さらに訊いた。

「女中さんたちは国許から来てるんじゃないの？」

「いやあ、国許から女中はあんまり来てないね。亡くなったおみつって娘は珍しいよ」

「おみつは、在勤の武士の娘だったの？」

「違うよ。あの娘は、国許の百姓の娘だったみたいよ」

「百姓の？」

「武家の作法なんかなんにも知らなかったよ」

それは凶四郎も意外だった。

「誰かが呼んだのかい？」

「どうなんだろうね。呼んだとしたら、二階のお染《そめ》さまかね」

「お染さま……」

そのあと、何人かに訊いても、また雨傘屋が聞き込んだ話でも、お染さまの名を出すときは、皆、なんとなく微妙な顔をするのだった。

「あんた、お染さまの顔を見たかい？」

しめは雨傘屋に訊いた。

「いや、見てないです。ほとんど二階か奥の部屋にいて、こっちにはあまり出て来ないみたいですよ」

「そうなんだね。ちょっとお顔を見たいもんだね」

しめはそう言うと、武士たちがいないのを見計らって、そっと二階に上がってみた。

「親分、二階はまずいでしょう」

雨傘屋は止めたが、

「まずいところものぞくのが、あたしらの仕事だよ」

と、しめは平気である。

階段を上がり、二階の廊下をのぞくと、奥に武士が一人控えるようにしている。

あそこは殿さまの部屋ではないか。

さすがに行きにくいと思っていると、

「なにしてるの？」

と、下から声がかかった。

しめと同じくらいの歳で、小太りの女である。しめも小太りと言っていいが、こんなふうにだらしない太り方ではないつもりである。

「うん。ちょっと二階からの景色を見てみたいなと思ってさ」

「あんた、誰？」

「あら、聞いてない。あたしは、江戸でただ一人の女岡っ引きなんだよ。ほら」

と、しめは十手を取り出して見せた。

「岡っ引きがなんでここに？」

「だって、ここの女中のおみつさんが、変な死に方をしてるじゃないか。しかも、ここの池で妙なものが出るんだろ。あんたも見た？」

「妙なものなんて言わないで。この池には、水神さまがいらっしゃるの」

「水神さまねえ」

と、しめは笑った。

「なに、笑ってるの」

女はムッとしたらしい。

女の後ろでは、雨傘屋が気まずそうにしている。

「あ、そうだ。あんた、お染さまって知らない？　なんか、誰に訊いても、微妙な顔をするんだよ。よっぽど根性でも悪いのかね」

しめがそう言うと、女の目が吊り上がり、

「お染はあたしです」

お染はしめを睨《にら》みながら、腹で押すようにして脇をすれ違い、二階の奥へと消えてしまった。

しめは、雨傘屋とともに南町奉行所にもどって根岸に事情を報告し、

「せっかく、調べに加えていただいたのに」

と、詫びた。珍しくしゅんとしている。

あれから、用人の北野にお染から猛烈な抗議があり、

「あの無礼な女だけは、屋敷に入れないでくれ」

とのことで、結局、しめだけが出入りを禁止されたのだった。雨傘屋は、あのときいかにも殊勝《しゅしょう》げにしていたため、難を免れた《まぬか》のである。

「なあに、仕方がない。それで、わかったところまでを教えてくれ」

と、根岸は言った。

「はい。お奉行さまが睨んだ通りで、あの家は、国許派と江戸詰め派に分かれているみたいです」

「なるほど」

「だが、数はやはり国許派が圧倒的に多いみたいです」

「だろうな」

「ただ、半月ほど前に国許派は参勤交代を終えたということで、帰国したそうです」

「用人はどっちだ？」

「北野さまは江戸育ちなので、江戸詰め派みたいですが、ただ国許派にも嫌われているようには見えません」

「やはりな」

「やはりなので？」

「そうでないとおかしいのさ」

「はあ」

「それで、しめさんを追い出したお染という女は何者なのだ？」

「なんでも若殿さまの乳母《うば》だそうです」

「乳母か」

根岸は顔をしかめた。

乳母の存在というのは意外と厄介なのである。春日局《かすがのつぼね》のように、思いがけない権力を手中にしていることもあり得るかもしれない。

「気品なんかはまったく感じられないんですよ」

しめがそう言うと、わきから雨傘屋が、

「親分に似てましたよね」

と言った。

「あたしはあれより上品だろうが」

しめはムキになった。

「あっはっは。仲間割れはよせ」

「すみません。それより、この雨傘屋が、なにか気がついたみたいで」

「ほう。なんだ?」

根岸は、雨傘屋に訊いた。

「ええ。あの高台の池と、下の沼がつながっているという話ですが、そんなことは、あり得ないと思います」

雨傘屋がそう言うと、

「あんた、適当なことを言うんじゃないよ」

しめは、たしなめた。まさかそんなことを言い出すとは、思っていなかったらしい。

「なぜ、あり得ない?」

根岸は訊いた。

「やってみましょう」

雨傘屋はしばらく暇をもらってこの場を外し、根岸家の台所から桶《おけ》などを借りてもどって来た。

「急いでつくったものですが、これをご覧ください」

桶が二つ。底に穴を開けられ、その穴同士が節を抜いた細い竹でつながっている。竹は釣り針みたいなかたちに曲げられているので、二つの桶は高さが違っている。

「ほう。そんなものをつくったのか」

根岸は感心した。

長年、雨傘をつくってきただけあって、器用なものである。

「雨に強い傘を工夫するのに、こんなような仕掛けはいくつもつくってきたのです。そのことが、今回、参考になりました。よろしいでしょうか。高台の池と、坂下の沼がつながっているとしたら、これと同じことになります」

「なるほど」

「上に水を入れてみます」

しめにも手伝ってもらい、雨傘屋は上の桶に水を入れた。

すると、水は下の桶に移ってしまった。

「つながっていたら、こうなるはずなんです」

と、雨傘屋は言った。

「なるほど。だが、上の池は湧き水が出ているのではないか。それがどんどん湧いていたら、水は枯れることはあるまい。現に、火事のとき何度も助けられたらしいぞ」

根岸は言った。

「でしたら、沼の水は溢《あふ》れます。溢れたりしていますか？」

「そんな話はないだろうな」

「だったら……」

「うむ。つながってなどおらぬわな」

根岸も充分、納得した。

ということは、何者かが、まるでつながっているように小細工をしたのだ。

六

夕方──。

凶四郎は雨傘屋の連絡を受け、源次とともにがま池のほとりにやって来た。池と沼はつながっていない。とすれば、その小細工を見破らなければならない。

「楽翁さまは、筆と矢立をあのあたりに放ったんだ」

と、凶四郎は池のなかほどを指差した。

「そうでしたね」

「たぶん、筆と矢立はあのあたりでずっと浮いていたんだ」

「でも、それが翌朝には下の沼に浮いていたということは」

「それを取って来たのだろうな」

「泳いだんですかね」

「泳ぐしかねえだろう」

「けっこう水草がありますよね」

「凄いな」

水草が揺らめいている。水底から水面近くまで伸びている長い草もあれば、途中から浮いているもの、枯れて漂っているものなど、さまざまである。

「手足にからまると厄介そうですよ」

「おいらも泳ぎはできるが、これは嫌だよな」

「舟はないですよね」

源次は周りを見回した。

「ないな」

「そうだ。裏の物干あたりに洗濯用の大きなたらいがありましたよ」

「たらい舟か」

安房《あわ》の漁師が使っているのを見たことがある。

「よくご存じで。あれを借りてきましょう」

凶四郎もいっしょに取りに行った。

誰もいないので、黙って借りることにする。

「ん?」

凶四郎は、物置小屋に目をやった。

「どうしました?」

「あれも使えるぜ」

指差したのは、浴衣などに糊《のり》をつけるときに使う長い板である。

「ああ、あれに乗って、手で漕《こ》ぐようにすると、水草が足にからまったりしませんね」

「あれも借りよう」

と、持ち出そうとして、

「おい、源次。これを見なよ」

板の裏を示した。水草の乾いたものがひっついていた。まだ緑色が残っているので、何日も前のものではない。

「これを使ったんですね」

「違えねえ」

凶四郎がたらい舟に乗った。着物を脱いで、ふんどしだけになった源次が板に乗って、池の真ん中に来た。

「水が冷たくなりましたよ」

手を櫂《かい》がわりにしている源次が言った。

「ああ。ここらは水が湧いてるんだろうな」

底のほうから大量の水がこんこんと湧き出ている気配がある。手を入れて、そのうねりのような感触を確かめていると、

「え」

すぐ下を、なにか大きな影がよぎった。

魚ではない。手足のようなものがあった。

「見たか、源次？」

「見ました」

源次の顔が青ざめている。

凶四郎も背筋がぞっとした。

「なんだ、あれは？」

「河童ですかね」

凶四郎は河童を信じていない。本当にいるなら、誰かしら捕まえているはずだが、そんな話は聞いたことがない。根岸も、「間違いやすい生き物はいるが、河童はおらぬな」と言っていた。

「ちと、待て。餌を持って来よう。誘い出すんだ」

「やるんですか」

源次は珍しく臆したような顔になっている。

台所に行き、腹が減ったと言って、飯炊きの老婆に残り飯でおむすびをつくってもらった。

「三つか四つ。おっと梅干はいらないよ。海苔《のり》はないかな。食ってるとき、ぼろぼろこぼしちまうのでな」

老婆は、面倒臭そうにしながらもつくってくれた。

これを持って、池の真ん中あたりにもどった。

「まずは、撒《ま》き餌《え》だ」

と、凶四郎はおむすびを少しずつ、池のなかに入れた。

水の動きを感じる。なにかが水のなかを泳いでいるのだ。よほど大きくないと、こんな動きは感じない。

「来るぞ。来るぞ」

おむすびを水に入れ、軽く左右に動かした。

なにかが凄い勢いで上がってきた。

「うわっ」

凶四郎は思わずおむすびを手放した。

その途端――。

泥のような色をした大きな顔がザバッと現れた。そいつは海苔で包んだおむすびを、巨大な口を開けて丸呑みにし、反転してすぐに水の底に消えた。

「旦那」

源次が唖然とした顔で言った。

「ああ、見た。なんだ、あれは」

「でかかったですね」

「あんな魚、見たことあるか？」

「いや。化け物でしょう」

「化け物じゃねえだろうが」

自信がない。そうかもしれない。

「変な臭いがしなかったですか」

「したな」

嗅《か》いだことはあるが、なんの臭いだったか、動揺しているせいか思い出せない。

「あの化け物の臭いですよ。魚はこんな臭いはしないでしょう」

「あいつが鯉も食っちまったんだ」

「一匹ですかね」

「いや、違う。ほら」

底のほうにあと一匹、影が見えた。

残りのおむすびをその影たちに向けて落とし、それから急いで岸へともどった。

「この前の水音もあいつらだったんだ」

「たしかに」

「おみつが飛び込んだかもしれないという水音だって、あいつらかもな」

あの巨体なら、ちょっと身をひるがえしただけでも、かなりの音を立てるだろう。

「屋敷の連中も、あの化け物に気がつかないもんですかね」

「そうだよな」

と、凶四郎はうなずき、

「気づいている者がいても、しらばくれていたのかもしれないな」

「なぜ？」

「それはわからないが……」

と、凶四郎は首をかしげ、

「筆と矢立を拾ったやつは、あいつの存在はわかっていたんじゃねえか」

「そうですよね。でないと、薄気味悪くて、この池には入れないかもしれませんね」

「だよな」

「おみつですが、この池に飛び込んだのを、下の沼に移したんでしょうか」

と、源次は訊いた。

「そんなことはしねえだろう。だいいち、いま、この屋敷にはそう人手はないはずだぜ」

「というと、まさかあの化け物が？」

「そんなわけ、ねえだろうよ。おみつは自分であそこまで歩いたんだ」

「裏門からですか？」

「ああ、表門じゃねえだろうな」

凶四郎と源次は、裏門に向かった。

門のわきに番小屋はあるが、誰もいない。

自分でくぐり戸の閂《かんぬき》を外せば、表に出ることができる。

「出たあと、こっちで閉めたのがいるかもしれねえな」

「そうでしょうね」

そのまま、外の道に出て、一本松へ向かい、暗闇坂を下ってみた。

すでにあたりは真っ暗である。

提灯を持っていないので、足元はおぼつかない。

「ろくに道もわからないおみつが、夜中にこの坂を下ったんですか？」

源次が不思議そうに言った。

「ああ。一人じゃ無理だよな」

江戸に出て来て十日ほどの若い娘が、どんな気持ちで、夜、この坂を下ったのか。

凶四郎は、おみつのことがひどく可哀そうに思えた。

一方——。

屋敷には入れてもらえないしめと、子分の雨傘屋は、根岸の忠告に従って、このあたりの聞き込みをつづけていた。

しめは最初に雨傘屋に忠告していた。

「今日のは、この前教えた格言とは違うよ」

「格言でしたっけ？」

「歩き回れ、聞いて回れ」

「それって格言なんですか？」

「親分が子分に教えたことは、格言といっしょなの。でも、今度のはしっかり訊ねていいんだからね。根岸さまの命令だよ。あたしは直接、『しめさん。ろうそく屋のあるじと、仙台藩邸にいる中間の作兵衛について、昨夜の足取りを探ってくれ』と頼まれたんだ」

「ろうそく屋のあるじと、作兵衛ですね」

雨傘屋は、ろうそく屋のあるじはもちろん知っている。店の裏にある祠は、この目で確かめてきた。作兵衛というのは、土久呂凶四郎がそば屋の花吉と同一人物だと睨んだ男である。

「とにかく数を当たる。昨晩のことを、訊いて、訊いて、訊きまくるんだよ」

しめに発破《はっぱ》をかけられ、雨傘屋が麻布一帯を訊いて回った。

その結果、かなりの証言を得ることができた。

この夜、遅くなって——。

しめと雨傘屋は根岸にその報告をした。

「お奉行さま。バラバラですが、いろんな証言が出てきました。まず、昨晩ですが、善福寺門前の番屋が、ろうそく屋のあるじが提灯を手に、仙台坂を上って行くのを見かけています」

と、しめが言った。報告はしめだが、直接、聞いたのは雨傘屋である。

「仙台坂をな」

「仙台藩の作兵衛ですが、当夜は親戚の家で集まりがあるとかで、夜に出かけて、朝帰って来たそうです」

これも雨傘屋が聞き込んだ。

「なるほど」

「坂下町の番屋の話ですが、当夜、男二人と女一人が、暗闇坂を下りて来たのを見かけています。声をかけたりはしてませんが、提灯を手にした男は、がっちりした身体つきだったそうです」

同じく雨傘屋の聞き込みだった。

「それはろうそく屋が臭いな」

「坂下の豆腐屋ですが、暗闇坂下で、二人の男が左右に別れるところをチラリと見かけたそうです。なんと、片方はがっちりした身体つきでした」

　これだけは、しめが聞き込んだ。

「やはり、ろうそく屋と作兵衛はからんでいたか」

　と、根岸は言った。

「ほんとですね。驚きましたよ」

「しかも、その四つの話、つながりそうだ」

　と、根岸は微笑んだ。

「ですよね。でも、お奉行さま。おみつを呼び出し、沼に飛び込ませたのは、ろうそく屋と作兵衛なんですか？」

　しめは納得いかないという顔で訊いた。

「直接はそうだろうが、屋敷のなかで操った者がいる」

「はいはい、あの人ですよね」

　しめが、これで敵を討ったとばかりに嬉しそうに言った。

七

翌日の夕方——。

凶四郎が源次とともに山崎家を訪ね、これまでわかったことを一度、問いただしてみることになった。

「お奉行から、お染さんの話を伺うように言われたのですが」

と、凶四郎は用人の北野に言った。

根岸からも、『わしの名を出してよい』と言われてきた。もともとは、北野からの依頼なのである。ただし、その北野も、まさか女中が死んだりすることは予期していなかっただろう。

「土久呂さん。あの人のことは、お染さまと呼んでもらいたいのだ」

北野は遠慮がちに言い、

「殿がいちばん信頼なさっているお人でな」

と、付け加えた。

「わかりました。ぜひ、お染さまのお話を伺いたいのですが」

「なにゆえに？」

「やはり、おみつの死の真相を知っているのは、お染さまではないかと」

「うぅむ」

北野は唸った。

上目使いに凶四郎を見ると、また唸った。よほど、差し障りのようなことがあるらしい。

「無理ですか？」

「殿がなんとおっしゃるか。ちと、伺って来よう」

と、北野はだるそうな動きで奥に入って行った。

凶四郎と源次は、玄関わきの小部屋でもどりを待った。

今日も屋敷のなかは静かなものである。交代寄合という職務は微妙なものがあると、根岸からは聞いている。だが、いかに病だったとはいえ、当主を江戸に置いたまま、多くの家臣が国許に帰ってしまうというのは、なにかおかしな事態のような気がする。この家ではなにが起きているのか。

ほどなくして、

「お染の話だと。そんなことは許さぬぞ！」

大きな声がした。

「旦那、あれは？」

源次の顔が強張った。

「ああ」

凶四郎が廊下に顔を出してのぞくと、当主の山崎主税助がこっちに向かって駆けて来るではないか。

血相が変わっている。しかも、刀を手にしていたが、それを駆けながら抜き放った。

「旦那、まずいですよ」

後ろで源次が戸惑った声を出した。

「大丈夫だ。おいらがうまくやり過ごす。源次は下がっていろ」

凶四郎は、玄関前に立ち、「落ち着いて」というように、両手を前に出した。

だが、山崎は落ち着くどころかますます顔を真っ赤にし、

「町方ふぜいが、お染に無礼は許さぬぞ」

斜め上から斬りつけてきた。

この切っ先をよく見てかわしたが、鋭い太刀筋《たちすじ》である。

「うぉお」

叫びながら、次は横から来た。

これは、どうにか刀を半分ほど抜いて、刃を当てるようにして斬られるのを防いだ。

山崎主税助の腕はかなりのものである。

踏み込みがよく、切っ先が見た目より伸びている。

凶四郎は横っ飛びに玄関に下り、外へ出た。

こうなると、逃げるしかない。

山崎は追って来ている。

「殿。落ち着かれて」

北野が叫んだ。

だが、若殿に聞く耳はない。

形相には狂気すら感じる。

凶四郎はむろん刀を抜けば、負ける気はしないが、だが、傷つけたりすることは許されない。逃げて逃げまくり、相手が疲労困憊するのを待つしかない。

塀の前に来た。

右手に逃げるべきか、左手がよいか。

屋敷のなかがどうなっているか、まだ詳しくはない。

山崎の剣が下を向いた。地擦《じず》り正眼《せいがん》。その先の動きが読みにくくなった。

――まずいな。

凶四郎が胸のうちで舌打ちしたとき、

「若さま！」

女の声がした。

若殿の動きが止まった。激しく肩を上下させながら荒い息をしているが、それでも剣は地擦り正眼に構えたまま、止まっている。

お染が後ろに来ていた。

そのお染がゆっくり若殿の前に回り、微笑みながら、

「大丈夫ですよ。お染はなんにも悪いことなどしておりませぬ。ほら、お染の目をご覧になって」

と、言った。

若殿は言われるまま、お染の目を見た。

「ああ」

若殿は、ひどく安心した顔になった。

「ふう」

凶四郎はため息をついた。

部屋を移って、奥の二十畳ほどの部屋に入った。この前、定信を入れた客間ではない。ふだん当主が過ごす部屋らしい。

床の間を背に、若殿とお染が並んで座った。

雨傘屋が言っていたが、たしかにお染はしめに似ている。着物も、生地こそ上等そうだが、旗本屋敷の奥にいるような女の着物ではない。せいぜい、飲み屋の女将程度の、着飾らない恰好である。それが、当主と並んで上座にいるのは、異様な感じだった。

横に用人の北野と松倉、それにもう一人、若い武士が座った。

凶四郎と源次は下座にかしこまる。

「なんでも訊くがよい」

山崎主税助が言った。

「では、伺います。おみつは、一昨日の夕方、一度、この屋敷にもどられたそうですね？」

「はい、もどりましたよ」

と、お染はうなずいた。

「その前、しばらくいなくなっていたときですが、じつはお染さまの部屋にいたのではないでしょうか？」

と、凶四郎は訊いた。

「なぜ、そんなことを？」

お染が訊いた。

「そちらの松倉さまたちが、屋敷中を捜したけれど、お殿さまとお染さまがおられる二階だけは確認しなかったそうです。であれば、お染さまのところにいたと考えるのはふつうではありませんか？」

「おみつが外に行ったとは考えないのですか？」

「おみつは十日ほど前に国許から出てきたばかりで、右も左もわからないと聞きました。それは無理でしょう」

凶四郎はそう言って、じっとお染を見た。

一度、若殿を見、その不安げな顔にうなずき返してから、しめがそうであるように、このお染も親しみやすい見た目から推測するよりもずっと早く頭が回転するらしい。

「そこまで考えたなら、申しましょう。おみつはわたしの部屋におり、ひどく悩み苦しんでおりました」

と、言った。

「どのようなことを悩んでいたのです？」

「親元から離れ、江戸に出て来たことをです。おみつは国許に帰りたくて、仕方がなかったのです」

「そんなおみつを誰が江戸屋敷に呼んだのです？」

「それは、わかりませんよ。国許のほうに訊ねるしかないですね」

「お染さまはどうされました？」

「もちろん、なぐさめました。それで、ずいぶん落ち着いたように見えたので、部屋から出し、女中部屋にもどるように言ったのです。でも、やはり悩みから抜けることはできず、その池に身を投げてしまったのでしょう」

「遺体が浮いたのは、暗闇坂下にある沼です」

と、凶四郎は言った。

「この池とつながっているというではありませんか」

お染は、ここからは見えない池のあたりに目をやって言った。

「それは違います。おみつは、下の沼に飛び込んで死んだのです。この池と下の沼は、つながってなどいません」

凶四郎はきっぱりと言った。

「それは証拠がある話ですか？」

お染は訊いた。

「あります。おみつは腹を押すと、水を吐きました。それは濁っていました。こちらの池の水は意外なくらい澄んでいます。また、こちらだと必ずからむと思われる水草もからんではいませんでした」

凶四郎はそう言って、北野を見た。

北野は黙ってうつむいている。何を思っているのか、その気持ちは窺《うかが》いしれない。

この屋敷と、ここに住む人たちの心には、深い沼がある。その底までは、まだのぞき込んではいない——凶四郎はそう思った。

「あなたたちは、何もわかっておりませんよ」

と、お染が高い声で言った。

「なぜです？」

「ここのがま池は、昔からさまざまな怪事を起こしてきました。仙人の話や、当家の武士が二人、殺された話はご存じないですか？」

「聞いたことはあります」

「ただの噂ではありませんよ。本当に起きたことですよ。ね、北野さま？」

お染の呼びかけに、用人の北野は、顔をしかめてうなずいた。

「がま池と下の沼がつながっているとおっしゃるので？」

凶四郎は呆れて訊いた。

「もちろんですとも。この池は、下の沼だけでなく、当家の国許である備中川上郡成羽にある深泥沼ともつながっているのです」

「なんと……」

それはまた、途方もない話を言い出したものだった。

第四章　つながる沼、あいだに東海道

一

根岸肥前守がようやく膨大な書類――それでも今日一日の分にケリをつけ、私邸のほうにもどって、さて寝ようとしたときである。

白い影が慌ただしく駆け回っている。

よく見ると、亡妻のたかではないか。

たかは根岸そっちのけで、座布団でも捜しているみたいである。まさか正式にこの世にもどって来たのか。

だが、しばらくすると、壁のなかに去って行った。

たかがいなくなると、今度は黒猫のお鈴が、根岸になにごとかを報せようとするように、

「みゃあ、みゃあ」

と、うるさく鳴いた。魚屋が大きなマグロを届けて行ったが、食ってもいいかと訊いているみたいでもある。

「なんだ。どうしたのだ」

なにか変事でも起きようとしているのか。

根岸は疲れているので、

──なにが起きてもわしは寝る。

と、すでに敷いてあった蒲団に潜り込んだ。どうしてこうも次から次へと、いろんなことが起きるのか。もう江戸の面倒ごとはうんざりである。寝ると言ったら寝るのである。今宵は涼しいので、よく寝られそうだった。昨夜は変に蒸し暑くて、寝苦しかった。

そのときである。

「根岸、根岸」

と、呼ぶ声がした。

寝間の板戸の向こうである。つまり、外の庭で呼んでいるのだ。誰であるかは声でわかった。

寝たふりをする。

「根岸、根岸」

しつこく呼んでいる。寝たふりが通用する相手ではない。

立ち上がって、そっと板戸を開ける。

「これは御前」

根岸は驚いたみたいな声で言った。

「夜這《よば》いではないぞ」

と言って、松平定信が入って来た。お鈴が、

「にゃあぁ」

と、呆れたように鳴いた。

「また、意外なところからお見えになりましたな」

「うむ。夜遅くに女中たちを働かせたら、可哀そうだろうが。こう見えて、わしはいろいろ気を遣うのだ」

「御意」

気を遣うところもあるが、まるで気を遣わないところもある。それがどういう基準によって行われているのかは、根岸といえどまったくわからない。

定信は、根岸の蒲団の上にどかりと座った。

「なんのおかまいもできませんが」

「そんなことはどうでもよい。それより、あの後、がま沼には行ったのか？」

「わたしは行ってはおりませんが、土久呂たちから詳しく報告を受けております」

「わしの筆は、まだ、暗闇坂のほうの沼には落ちてきてないか？　あれは、いい筆でな。あれから、惜しいことをしたと後悔したのだ」

「御前。それはここに」

と、筆と矢立を返した。

「なんと、もう出てきたのか」

「出てはきましたが、がま池と下の沼は、つながってはおりません」

「そうなのか？」

「つながっていたら、水は下に落ちてしまいます。下の沼の水は、どこにも流れていませんから、溢れるはずですが、溢れたりすることはありません。ということは、二つはつながってなどいないのです」

「なるほど。では、なにゆえにわしの筆や山崎家の盃が下に浮いたりした？」

「当然、そういった細工をした者がいて、つながっているという噂を立てる必要があったのでしょう」

「どんな必要だ？」

「あの後、山崎家の女中が下の沼で水死体となって見つかりました。山崎さまの乳母が言うには悩んだあげく、がま池に飛び込み、それが下の沼に出たというようなことを申していますが、それは嘘。端《はな》から下の沼に飛び込んだのでしょう。しかも、身投げするような気持ちにまで追い詰めたのも、その乳母たちではないかと睨んでいます」

「なにゆえに、そんな厄介なことをする？」

「おそらく、その女中の背後にいる者たちへの見せしめのようなもので、さらにがま池の神秘性を高めたいのではないでしょうか」

「充分、神秘的だろうが」

「御前。わたしは立場上、交代寄合の山崎さまの内情についてなど、知るすべはありません。だが、経験上、大名家や旗本家に起こる怪異には、かならず内部のごたごたが関わっています。御前は、山崎家についてなにかご存じではないですか？」

定信が老中の職にあったとき――いや、それ以前も、そしていまも、密偵を大勢使いこなしていることは、周囲にいる者なら皆、知っている。密偵を探る密偵までいるという話もある。

「まあ、だいたいのことは調べたが、沼と関わりがあるのかな」

「おそらく」

「あそこは、十五、六年ほど前に、一揆《いっき》が起きそうになったことがある」

「一揆が」

「あの地方で日照りがつづいたときがあったらしい。それは幸い、回避できたが、そのしこりはずっと残っているみたいだ」

「なるほど。いや、それで、少しだけ見えてきました。さすが、御前ですな」

「なあに、なにやらごたごたが片付いたら、もう一度、がま沼に行ってみたいな」

「そんなにあの池は魅力がありますか？」

「ああ。あそこはいろいろありそうだ。おそらく沈んでいる死体も一つや二つではあるまいな」

「……………」

定信は話していないことがまだあるのだ。

「さて、帰るか」

「御前、もう少しご存じのことがあれば、お教えいただきたいのですが」

「真偽のほどがわからぬ噂だぞ」

「ええ」

「だが、わしは本当のことだと思っておる」

「どのような？」

「がま沼で死んだ家来の遺体が、国許の沼に浮いたらしい」

「なんと」

「その逆もあるらしい」

「向こうで亡くなった者がこっちに浮くわけですね」

「それも、一体や二体ではきかないというのさ」

「奇怪な話ですね」

「だから、また行ってみたいのさ」

「そんな薄気味悪い沼にですか？」

なんとなく定信には似合わない。

「おそらく、わしの心にも沼があるのだろうな」

「御前のお心にも？」

「意外な顔をするようでは、根岸もまだわしのことをわかっておらぬな」

そう言って、松平定信は、今度は屋敷のなかを堂々と帰って行った。

二

翌朝――。

土久呂凶四郎は、麻布の一本松坂を上がって来た。

このところ源次とともに山崎家に泊まり込んでいたが、昨夜はこれまでのことを根岸に相談するため、凶四郎だけ奉行所のほうにもどったのである。

私邸のほうに行くと、ちょうど松平定信が帰って行くところだった。夜中に突然やって来たりするのは、まったく珍しいことではない。

「土久呂、夜回りもたいへんだな」

と、定信は声をかけてくれた。元老中に名前を覚えてもらったことに感激さえしたほどだった。

奥の部屋を訪れると、根岸は困惑したような顔で蒲団の上に座っていた。

「おう、土久呂か。どうした？」

「乳母のお染を問い質してみまして」

「乳母をな」

「わたしはやはり、乳母のお染が女中のおみつを追い詰め、沼に身を投げるように仕向けたのだと思っているのです。もっとも、それを証明するのは容易ではないですし、お染も認めはしませんでした」

「だろうな。わしも、そう思っていたよ」

と、根岸はうなずいた。

「お奉行も」

「ただ、まだまだ明らかにすべきことが多いだろうな」

「ええ。お染はまた、とんでもないことを言い出しました。あのがま池は、暗闇坂下の沼だけでなく、国許の深泥沼ともつながっているのだと」

「ほう」

「どういうつもりなのでしょう？」

「さっき、白河の御前がお見えになったのだがな、そのようなことをおっしゃっていたよ。国許で死んだ山崎家の家臣の遺体が、がま池に浮いたり、その逆もあったり、そういうのは一度や二度ではないそうだ」

「なんですって」

「白河の御前も信じているような口ぶりだったよ」

「そうなので……」

「まさかなあ」

と言った根岸の口調は、いつもと違ってなにか自信なさげだった。

凶四郎が一本松の通りを山崎家の門のほうにやって来ると、塀のところに人だかりができていた。

そのなかには、しめと雨傘屋もいる。

「どうかしたのか？」

凶四郎はしめに訊いた。

「あれを見てください」

しめが指差したのは、山崎家の塀の向こうから枝を伸ばしている柳の大木である。その柳のところどころに、赤いものがある。

「なんだ、あれは？」

「花が咲いたんですよ」

「柳に花……」

そんな話は聞いたことがない。

だが、ほんとは咲くものだったのかもしれない。川柳でもつくりたい気持ちがこみ上げたが、すぐには浮かばない。

「しかも、よく見てください。あれは椿の花ですよ」

「柳に椿の花は咲かねえだろう。誰かが悪戯でくっつけたんだ」

「でも、よく見てください。ちゃんと、柳の枝に花がついてるんです」

凶四郎は柳の枝をたぐり寄せ、目を近づけてじっくり見た。たしかに柳の枝に花が咲いていた。さほど数は多くない。せいぜい十数輪といったところである。

「こんなことって、あるのか？」

自然界にはいろんな異変が起きる。晴れているのに雨が降ったり、竜巻で家一軒が丸ごと宙に浮いたりするのはじっさいに見た。凶四郎が知らないだけで、こうしたこともあるのかもしれない。

「いやあ、ないでしょう。それで、一昨日だったか、そっちに椿の木があるでしょ」

しめは、善福寺の裏参道の入り口にある椿の巨木を指差した。

「ああ、あるな」

「あの下にお坊さんたちが集まって、今年はこの木にまったく花が咲かないのは不思議だって話していたんです」

「そうなのか」

ということは、善福寺の椿に咲くべき花が、山崎家の柳に咲いてしまったのか。

ここらの町人たちも、しきりにいろんなことを話している。

「こんなバカなことはないね」

「七色に変わるお化け椿も不思議だがな」

「いやあ、柳に咲く椿の花のほうがもっと不思議だぞ」

「見れば見るほど薄気味悪いや」

「向こうがお化け柳なら、こっちはさしずめ地獄柳だな」

「こういうのは、この家になにか恐ろしいことが起きる前触れなんだ」

たちまち麻布界隈の噂になることは確実だった。

三人は山崎家の門からなかに入った。

いったんは出入りを禁じられたしめだが、女中の不審な死などがあり、凶四郎の懇願もあって、昨夜もう一度、出入りが許されることになった。ただし、お染さまにはけっして話しかけないという条件付きである。

「屋敷のなかの連中もわかっているんでしょうね」

と、しめは小声で言った。

「どうかな。しめさん、探ってくれよ」

「わかりました」

しめは、まかせろとばかりに深くうなずいた。

「だが、善福寺の椿の花が咲かなかったのというのは、かんたんだよな」

と、凶四郎は言った。

「そうですか？」

「あらかじめ花の芽を摘んでおけばいいだけだ。夜中にそっとやったのだろう」

「ああ、なるほど」

しめが言い、源次も同感だというようにうなずいた。

「だが、柳に椿はあり得ねえよな」

梅に鶯《うぐいす》、松に鶴は花札だが、柳に椿はつばめの間違いではないか。

「ですよね」

凶四郎は腕組みをし、空を見上げ、

「根岸さまは、七色に変わるというお化け椿の謎を解いたのだろう？」

「そうみたいですよ」

「それと似てるのかもしれねえな。お化け椿の謎はどう解いたんだ？」

空を見上げたままで訊いた。

「あたしにもわかりませんよ」

「訊いてみてくれよ」

軽い調子で言ったのは、凶四郎の同心としての矜持《きょうじ》である。

もしかしたら同じ仕掛けでもあるのかもしれない。

「あたしも訊いたことがあるんです。お奉行さまに直接ではなく、坂巻さまにですが、教えてもらえませんでした」

「なぜ？」

「面白い謎は、解かれないままのほうが面白いし、それを楽しむ者もいれば、それで儲かる者もいる。だから、根岸さまは謎のままにしておくのだそうですよ」

「ふうむ。じゃあ、あれもそのままにしとくか」

「そういうことは、いったん解いてからおっしゃってください」

「なるほどな」

とは言ったが、こんな謎が解けるとは思えない。柳に椿の花。亀が甲羅《こうら》から出るのと、どっちが不思議だろう。

凶四郎は空を見上げたまま、

「ううむ」

と、辛そうに唸った。


それからしばらくして、客間にいた凶四郎のところにしめがやって来ると、

「やっぱり、皆、知ってましたよ」

と、言った。

「だろうな」

「皆、気味悪がっています。とくに乳母のお染の怖がりようは、ただごとではないそうですよ」

しめは嬉しそうに言った。

「あの乳母がか」

なかなか肝の据わった女に見えた。しょせん椿の花のことに、それほど衝撃を受

けるものだろうか。

それも変な話である。

「とりあえず、植木屋を入れて、調べさせることにしたそうです。ほかの木にもなにか異変が起きているかもしれないというので」

「なるほど。だが、こんなことは、以前もあったのかな」

「いいえ。初めてだそうです」

「初めてかね。がま池にだって昔から気味悪い話はあるだろうが」

「あっちには誰も近づきませんからね」

「今度は、近くで起きたわけか」

あの柳の木は、台所あたりからも見えるところにあるのだ。

「女中が一人と、台所を手伝っている婆さんも、やめさせてくれと、北野さまにお願いしたそうです。皆、やっぱりなにか不吉なことが起きると思っているみたいです」

しめがそう言ったときである。

表門のあたりが騒がしくなった。

「おいおい、またなにか起きたみたいだぜ」

三

凶四郎が客間の窓から表門のあたりを窺うと、どうやら飛脚《ひきやく》が文を届けに来ていたらしい。それを近くにいた用人の北野が読み、

「大変なことが起きた！」

と、屋敷の武士たちを呼び集めたのだった。

北野を中心に、屋敷に残っていた家来たちが、皆、顔色を変えている。

「どうしたんでしょう？」

しめが凶四郎に訊いた。

「さあ」

他家のことである。凶四郎にも推測のしようがない。

「北野さまにお訊きしては？」

と、しめが言った。

「答えるわけがない」

あれほど顔色を変えたのだから、極秘事項に決まっている。

北野は、凶四郎たちが客間にいることも忘れたように、玄関からなかへ入って来ると、奥のほうから来た松倉に向かって、

「国許の陣屋が占拠されたらしい」

と、言った。

それが耳に入った凶四郎たちは、客間で顔を見合わせた。

「一揆ですか？　謀反《むほん》ですか？」

松倉が訊いた。

「どの程度のものなのか、これだけでは詳しいことはわからん。だが、対立はこれまでもあり、おおごとになればお家そのものがお取りつぶしになることはわかっているはず。山崎家の武士も、百姓たちも、そこまで望んではおらぬはずだ」

「では、どうしましょう？」

松倉が北野に訊いた。

「殿にはお報せしなければ」

北野は辛そうな声で言った。

すると、奥からなにか気配を察したように山崎主税助と乳母のお染がやって来た。

「どうかしたのか、北野？」

山崎が訊いた。

「は。じつは国許からの飛脚便がありまして」

「なにを言ってきたのだ？」

「国許の陣屋が、江戸からもどった者たちによって占拠されたようです」

「なんだと……」

山崎主税助が絶句した。

しばらく沈黙がつづき、客間にいる凶四郎たちも、廊下の奥の話に耳を傾けながら、固唾《かたず》を飲む思いである。

「これではわしは国許に行くわけにはいくまい」

と、山崎主税助が言った。

「開墾の許可をと申しておるようです。それさえお許しいただけたら、陣屋はすぐに明け渡し、いかなる処分もお受けするとも」

「処分などすれば、ますますこじれるだろうが」

「それは確かに」

「負けたのだ。わしらは、国許の連中に敗れたのだ」

と、山崎主税助は肩を落とした。

「殿。しっかりなさいませ」

お染が励ます声がした。

「だが、どうしたらいい？」

山崎は心細そうにお染に訊いた。

「事態はわかっております。与衛門《よえもん》が動いたのです」

と、お染は言った。

「与衛門が……」

皆、お染を見つめているらしい。

客間では、凶四郎たち四人が顔を見合わせている。知らない名前が出てきた。与衛門というのは何者なのか。

「しかも、与衛門は江戸に来ているのです」

お染はさらに言った。

「いや、それはありますまい。与衛門は百姓です。国許を離れることはないでしょうし、現にそうした報告もありませんよ」

北野が言った。

「いいえ、あの柳に咲いた椿だって、おそらく与衛門のしわざですよ」

「断定するのはどうでしょう」

「いえ。与衛門ならあれくらいのことはできるのです。殿がなかなか開墾の許可を出さないので、業を煮やしたのでしょう」

凶四郎としめは顔を見合わせた。お染がひどく怖がっていたというのは、柳に椿の花が咲いたという怪異より、その与衛門とやらが出て来たと推測したからであるらしい。

「とりあえず、向こうのようすを探らせましょう。密偵を出し、時間を稼ぎましょう」

北野がそう言うと、

「わたしが」

松倉の声がした。

このやりとりに、

「これは、がま池の騒ぎどころではなくなってきたようだな」

と、凶四郎は言った。

「どうしましょう？」

しめが訊いた。

「北野さまが何か言ってくるまでは、おとなしくしているしかないな。とりあえず、わたしは、根岸さまにこのことを報せて来る。お前たちは、さっきのことは聞かなかったふりをして、柳の謎でも探っていてくれ」

凶四郎はそう言って、山崎家から南町奉行所に向かった。

四

凶四郎がいなくなって——。

しめと雨傘屋は、特にすることも思い浮かばず、庭に出て、椿の花が咲いた柳の木を見上げた。

「なんか、ずっと見てると、柳に椿の花って、似合うような気もしてこないかい?」

と、しめは言った。

「え」

「女の子の髪飾りみたいじゃないか」

「はあ」

「見慣れると、不思議なことも当たり前になるのかも」

「なるほど」

そのうち、しめは雨傘屋が困ったような顔をしているのに気づき、

「どうかしたの、あんた?」

と、訊いた。

「いやあ、じつはこの界隈でなんだかほかにも奇妙なことがあって、もしかしたら

と考えてましてね」

「あんた、こういう忙しいときに、また余計なことを耳に挟んだのかい」

と、しめはなじるように言った。

「親分。それはないですよ」

「まあ、いいや。なに？　あたしだけに話してみな」

「ええ。この数日なんですけど、あっしの家があるあたりを、重そうな荷物を担いだ連中が、坂を下るのを見かけたんですよ」

雨傘屋は、山崎家に通うようになったこの数日は、麻布本村町《ほんむらちょう》にあるもとの家で寝泊まりするようになっていた。しめの実家の筆屋で寝るより、やっぱりよく寝られるのだ。

「それのどこが奇妙なんだよ？」

「一人や二人じゃありませんよ。一日に、何人も見かけるんです。こんな高台で、重そうなものをつくって下に降ろすというのはなんなんですかね」

雨傘屋がそう言うと、しめはそんなことかという顔をして、

「そりゃあ、ここらにもぽつぽつと畑もあるみたいだから、大根だの芋だのを掘り出したんだろうよ」

「だったら、おいらがこっちに住んでたときも見かけたはずでしょう。あんなのい

まで見たことないですよ」

「石屋があるんだよ」

「石屋？」

「ここらは寺が多いだろ。墓石に名前を刻んで、下の寺まで持ってってるんだよ」

「あんなにいっぱい？」

「沖で舟でも転覆したんじゃないのかい？　五十人くらい亡くなって、遺体が上がるたびに墓石がつくられてくんだよ」

「ははあ、それは面白い推察ですね」

と、雨傘屋は笑った。

「だろ。あたしの推察は、根岸さま仕込みだからね」

「ところが、生憎《あいにく》ですがつづきがあるんです」

「なんだよ」

「ちょうど、その荷物を運んでいたやつが、坂で足がぐきっとなって転んだんです。

それで、転んだ拍子に中身がこぼれました」

「なんだった？」

「ただの土でした」

「だったら土嚢《どのう》なんだろうが」

「でも、ここらで土嚢をつくってるなんて変ですよ。それで、あっしは、もしかしてどこかで穴を掘ってるんじゃないかと思ったんです」

「穴を？」

「つまり、穴を掘って、山崎家のがま池の水を抜いてしまおうというのです」

「なんのために？」

しめは冷静な顔で訊いた。

「なんのためかと訊かれるとわからないんですが、あそこは内々で二派に分かれて争ってますよね。それで、片方の嫌がらせとかで」

「嫌がらせで池の水を抜くかね」

「抜きませんかね」

改めて考えると、雨傘屋はそれも変な話に思えてきた。

「しかもさ。あれだけの池の水を抜こうと、穴を掘ってみな。開いた途端、凄まじい水が噴き出してくるよ」

と、しめは言った。

「たしかに」

「そしたら当然、掘っていた連中は溺れ死んだりするし、このあたり一帯も大災害みたいになるだろうよ」

「そうですね」

「そんなわかりきったことを、山崎家の人間がやるわけないよ」

「そうですか。じゃあ、なんなんですかね？」

「どこかで土地を均《なら》しているだけなんじゃないの」

「それがいちばん常識的ですね」

「とにかく、その件は後回しにしな」

「はあ」

「いまは、それどころじゃないんだからね」

しめは、睨みを利かせて、雨傘屋に言った。

五

凶四郎は、南町奉行所に着いた。

日が落ちつつある。奉行の部屋も薄暗い。根岸はすでにろうそくに火を点して、膨大な書類に目を通していた。

「どうした、土久呂」

「ええ。じつは重大なことを耳にしてしまいまして」

と、凶四郎はさっきの話を語った。

「ほう。面白いことを聞き込んだな」

「ええ。聞いてはまずいかとも思ったのですが、耳に入ってしまいましたから」

「うむ。それは仕方あるまい。それに、山崎家では十五、六年前に一揆が起きそうになり、それはどうにか収めたが、しこりのようなものはあるらしいとは聞いていた」

「そうですか」

「まあ、人がいるところには必ず、反目し合う二派ができるのは、珍しくもなんともないしな」

「たしかに」

「だが、与衛門という男は気になるな」

「ええ」

「お染対与衛門かな」

「二派の争いですか」

「もう少しいろいろありそうだがな」

根岸は遠い目をした。

「話は前後しますが、柳に花が咲きました」

と、凶四郎は言った。

「それは咲くだろう」

「え？」

「白っぽい毛虫みたいな花だから目立たないが、柳だって花を咲かせているぞ」

花は桜だけではない。柳も花を咲かせる。人も目立つ者ばかりではない。目立たないが、懸命に生きている者のほうが、断然多い。

「そうでしたか。あ、そうではなく、柳に椿の花が咲いたのです」

「柳に椿の花？」

「わたしも悪戯かと思ったのですが、ほんとに柳の枝の先から、椿の花が咲いてました」

「それは不思議だな」

「もしかして、お奉行がかつて解かれたというお化け椿の謎とも関係するのかと思いまして」

「いや、それは関係ないな」

根岸は苦笑いし、きっぱり否定した。

「そうですか。お染は、それも与衛門のしわざだと言ってました」

「ふうむ」

根岸は腕組みし、

「土久呂。やはりあの家でかつて起きたできごとについて、真相を知りたいな。しめさんたちとも協力して、七不思議の一つとなったがま池の伝説について、あの界隈の噂話をかき集めてくれぬか。雨傘屋などは地元なのだから、集めやすいだろう」

「ですが、噂などあてにはならないのでは？」

「いや。たとえ旗本の屋敷のできごととはいえ、人の出入りはある。近所の者が女中に上がったり、飯炊きをしていたりするだろう」

「それはいます」

「そういう者が、なかで見た話を外で語り、それが伝説の素地になっていたりするものなのだ」

「ああ、そうかもしれません」

「とにかく聞きまくって、伝説の正体に近づいてみてくれぬか？　明日一日かけて集めた話を夜、持って来てくれ」

「わかりました」

「土久呂。そなたは、昼間は動かなくてよいぞ」

根岸は気遣ってくれた。

「ありがとうございます。大丈夫です。近ごろはちょっとした昼寝はできるようになりましたので」

嘘ではない。四半刻（約三十分）ほどだが、真昼間《まつぴるま》にぐっすり眠れたりする。数年前には考えられないことである。

「では」

根岸の指示を伝えるため、凶四郎は慌ただしく山崎家に引き返した。


噂話を聞き集めるといったら、しめの得意中の得意である。

「あんたたちはいいから」

と言わんばかりに、夜を徹し、朝も早くから、方々で噂をかき集めた。

むろん、源次と雨傘屋もそれなりに聞いて回った。だが、重要な証言はほぼしめが集めたと言っていいだろう。

それは、次のようなものである。


五年前まで、山崎家で飯炊きなどをしていた爺さんの話。

「山崎家のがま池の話ってのは、おらが子どものころは聞いたことはなかったよ。おらの歳？　七十五だよ。最初に変な噂が立ったのは、三、四十年前くらいかな。化け物じゃないよ。あの家のお侍が二人、突然いなくなったんだ。どこに行ったのかね。そのうち、あの二人は亡くなったと、だいぶ経ってから聞いたのかな。がま池は、昔はがまがいっぱいいたからそう呼ばれたんだよ。鳴き声がよく聞こえていたっけ。がまは少なくなったな。がまを食うのがいるんだろうな。あそこは湧き水だからな。深いところから湧いてくるんだろ。だから、きれいだよ。昔は水草もあまりなかったんだ。途中から増えてきてな。それも、三、四十年前くらいからだな。そのころから、あの池のようすが変わったんだ。もともとおらたちは近づくところじゃなかったけど、途中からほとんど行かなくなった。でも、年に何度か、あの周囲の木になる実をもぐのはやらされたな。ああ、薄気味悪いところだよ。河童がいる？　河童なんざいねえだろ。タコみたいなのはいるらしいけどな。海とつながってるんじゃねえのか」

いまも山崎家の下働きをするはな婆さんの話。

「ご家来が死んだ？　うん。そういう話はあったみたいだね。あの家は、ご家来から国許のお百姓まで、二派に分かれてるって話だからさ。ときどき気の短い者同士で、斬り合ったりするんじゃないの。でも、極端なのは一部だよ。たいがいは、どっちつかず。だって、皆、子どものときから顔を知ってる者同士だもの。そうそう、憎しみ合ったりはしないよ。こう言っちゃなんだけど、先代さまがもうちょっとしつかりしてなさってたら、よかったんじゃないの。内緒だよ。いまの若殿？　あのお方は、お染さんの言うがままなんじゃないの。駄目、駄目。その話はご法度。がま池の化け物？　これは、あたしの推測なんだけど、三十五、六年前、山崎さまの所領にある沼から、生き物が届いたことがあったんだよ。それを、こっちの池に放したんだね。すると、水が合ったのかどうか知らないけど、どんどん大きくなったんじゃないのかね。

いま、出回ってる噂は、お侍を殺したがま仙人ていうのが出て来て、火事のときには助けるから、水は抜かないでくれとかいうんだろ。がま仙人ていうのは、たぶん、あれだね。国許からときどき出て来てた、仙人みたいなお爺さんがいたんだよ。たぶん、あの人のことがごっちゃになってるんだと思うよ。また、あの人が来るときは、こっちか国許で、ご家来が亡くなったりしたんだよ。

化け物を見たのはいるのかって？　あたしといっしょに女中をしてたおさよちゃんは見てるよ。その話はしたくないって、教えてくれなかったけどね。おさよちゃん、死んでないよ。あのあと、いっしょになった由作《ゆうさく》さんていうのが商売上手の働き者で、いまや尾張町に大きなお菓子屋を構え、おさよちゃんも大女将だよ。たまに買いに行くと、あたしには饅頭の二つ三つはまけてくれるけどね」

尾張町の菓子屋〈立花堂《たちばなどう》〉の女将おさよの話。

「ああ、山崎さまの家の話。もう三十年も経つからいいかね。話しちゃっても……あら、そう。南町奉行の根岸肥前守さまがお調べになってるの？　根岸さまには何度かご挨拶させてもらってるわよ。正月には、銀座からこのあたりの女将が、そろって挨拶に行ってるのよ。もっとも、三十人くらいで行くから、顔なんか覚えておられないだろうけど。

がま池の化け物？　うん。見たわよ。気味が悪いったらないわよ。ガマじゃないわよ。あれは人。人だわよ。顔も人の顔だったもの。いなくなったお侍にそっくりよ。あれはたぶん、斬られたか、焼かれたかして、あんなになり、あの池のなかで生きていたんだよ。可哀そうにね。

ガマじゃないわよ。だって、あんな大きなガマなんかいないわよ。あんた、畳一畳分くらいあったんだから。クジラは大きいっていうけど、手足なんかないでしょ。だから、魚じゃないよ。手も足もついてたの。

呪われてるんだよ。山崎家は。でも、もういなくなってるでしょ？　え、また出たの？　しつこい化け物だわね。いなくなったお侍の名前？　忘れたわね。あそこは、江戸詰めのご家来と、国許のご家来があんまり仲がよくなかったのよ。いまもなんでしょ。はなさんから聞いたわよ。あの人、なんだって外でしゃべっちゃうんだもの。

え。あたしの話でまたわかんなくなった？　そんなこと言わないでよ。用人の北野さまに訊いてみたら。いちばん知ってるはずよ。三十年前は、そのころ五十歳だった先代の用人だったけど、いまは息子がやってるんでしょ。息子だって知ってるはずよ」


用人の北野が、近くの町家に囲っているお妾の千代《ちよ》の話。

「ええ。北野さまはあたしになんでも話されますよ。あたしは聞いても、こっちの耳からこっちの耳に抜けてくけどね。だって、山崎家のうちわの話なんか聞いたって、別に面白くないでしょ。知らない人ばっかりだし。また、北野さまはやわなのよ。どーんと強く言えない性分なのね。だから、国許からなんやかやと言ってきても、はねつけずに、まあ、そう言うな、辛抱してくれと、そればっかりでしょ。

あたしにもそう。いろいろねだっても、まあ、そう言うな。わしだってお家の金をどうにかやりくりしてるのだから。そのくせ、あっちのほうはやたらとしつこいし、強いんだよねえ。

うん。お屋敷には気味悪い池があるんでしょ。なんかいるらしいよ。北野さまも見てないみたい。というか、気味悪いから見たくないんでしょ。河童みたいなのはいるって言ってたけど。

そうそう。死体が浮かんだこともあるみたいよ。溺死体って気味悪いよね。そう言ったら、出てきたのは白骨化したのが着物着てたから、それほどでもなかったって。

わしが斬られて死んだら、たまには墓参りもしてくれって言ってたよ。そういうことは、しょっちゅう言ってるけど。なんか、国許の人たちが文句言ってるんでしょ。知らないけど、祟りがあるかもしれないとは言ってた。本気でしょ。青い顔になって言ってたから。

そんなことより、あたしの給金を増やすように、おばさんからも言ってやってよ。もう少し、給金上げてやれって」

その日の夜――。

集まった話を、凶四郎たち四人は、南町奉行所の根岸のもとに届けた。

六

一通り話を聞いた根岸は、

「なるほど。やはり、うちわの話も洩れているものだな」

と、言った。

「あたしにはまだわからないことだらけですが、お奉行さまはお分かりになったので?」

しめが訊いた。

「だいたいはな」

「はあ」

「麻布で死んだ者が国許の沼に出たり、国許の遺体が麻布の池に上がったりする謎は、その妾の話で明らかだわな。白骨の遺体など、着物だけ持って行って着せれば、他人の骨でも偽装はかんたんだ。白骨など小塚原に行ってちっと掘り返せば、いくらでも手に入るしな」

「たしかに」

と、凶四郎はうなずいた。

「そこでだな、若殿を置いたまま国許に向かったという連中だが、おそらく国許にはもどっておらぬな」

「そうなので?」

「ああ。全員かどうかはわからぬが、江戸に残った者たちが若殿の気持ちを変えるため、ひそかにいろんなことを仕掛けているのだろう」

「ははあ」

「まだなにかやってくるだろう。わしなら、池の水を抜いたりするやもしれぬな」

「水を抜く？」

しめは、ハッとして雨傘屋を見た。

雨傘屋は顔を強張らせた。

「どうした？」

「じつは……」

と、雨傘屋が何度も見かけた土嚢を担いだ男たちの話をした。

「そうか。土嚢の話はそれでわかったな」

「でも、お奉行さま。穴を開けたとしますよ。物凄い量の水がどっと出てきますよね。当然、掘っている連中は溺れるし、下にある家なんかも流されたりしますよ。そんなことやりますか？」

と、しめは雨傘屋にも言った疑問を語った。

「なるほど。だが、そんな危険はかんたんに避けられるだろう」

「そうなんですか？」

「だいたいの距離を上から測っておいて、近くまで行ったところで、節を抜いた竹でも突き刺せばよいではないか。その分しか、水は出て来ない。それで、そういう竹を継ぎ足していけば、下の川へ落とせるかもしれぬぞ」

「ほんとだ」

雨傘屋は啞然とし、

「お奉行さま。なんで、そんなお知恵が?」

しめが訊いた。

「わしは、昔、佐渡《さど》奉行をやったのだ。佐渡には金山がある。わしは穴を掘るのに興味を持ち、いろいろ訊いたりもしていたのさ」

「そうなんですね」

しめばかりか、凶四郎や源次もうなずいた。

「さて。そういうことなら、わしも行かねばなるまいな。土久呂、出動だ」

根岸は立ち上がった。

「お奉行がわざわざ行かなくても大丈夫では?」

凶四郎は訊いた。

「いや。あの池の水が麻布の下の町に落ちることがあれば、町人たちにもたいへんな被害が及ぶ。町奉行として放っておくわけにはいかぬ。それに……」

「それに?」

「山崎家のごたごたも放っておくと、麻布の住人に被害が出るやもしれぬ。この際、すべて解決してしまおう」

根岸が表立って捕物に向かうとなれば、連れが数人では済まない。

おなじみの宮尾玄四郎に椀田豪蔵はもちろんだが、これに与力が二人、同心が二人、奉行所の中間がざっと二十人、さらに同心が使っている岡っ引きに下っ引きも加わった。もちろん凶四郎に源次、しめに雨傘屋もいっしょだから、四十人近い一団ができ上がった。

根岸と二人の与力は馬に乗っている。

麻布の一本松坂を駆け上がり、一本松があるところはちょっとした広場のようになっているが、根岸はここで馬を降り、大半の人員をここに待機させた。捕物はできるだけ目立たぬように片付けてしまいたい。

「雨傘屋。どのあたりが臭い？」

と、根岸は訊いた。

「は。ご案内します」

結局、根岸について行くのは、宮尾、椀田、凶四郎、源次、しめに雨傘屋と、いつもの顔ぶれになった。

山崎家の門前はさりげなく通り過ぎ、

「そこが、あっしの初恋の女の家でして」

などと雨傘屋は余計なことまで根岸に教え、根岸もまた、

「ほう。いい女だったのか」

などと面白そうに眺め、仙台坂へと下る道の手前あたりに来た。雨傘屋の家は、仙台坂ではなく、この先の御薬園坂《おやくえんざか》を下ったほうである。

「ここらの一画から出て来ているみたいです」

と、雨傘屋が示したのは、細い路地である。両側に、古びた小さな一軒家が立ち並んでいる。

「よし。行こう」

雨傘屋を先頭に、根岸たちは路地を進んだ。

ここらは全体が坂になっているので、左手の家並は一尺（約三〇センチ）ほど高くなっており、右手の家並は一尺ほど低い。

二十間（約三六・四メートル）ほど進んだあたり。

古びた一軒家から、ちょうど土嚢を背負って、男が一人出て来た。

「お奉行。わたしが」

と、凶四郎が根岸の前に出ると、

「町方だが、ここで何をしている？」

と、男に訊いた。

「あ」

男は、ほかの仲間に報せようとしたらしく、踵《きびす》を返し、出て来た家に逃げ込もうとしたが、

「動くな」

凶四郎はすばやく男の帯を取って引き戻し、押し倒しながら、十手を男の喉元に当てた。

「なかへ!」

凶四郎が言うとすぐ、宮尾と椀田が家のなかに入った。

「なんだ、お前らは!」

「邪魔するか!」

怒号が飛び交った。

なかには男が二人いた。町人のような姿だが、刀を差しており、柄《つか》に手をかけた。

「神妙にしろ。南町奉行根岸肥前守だ」

根岸の声に、

「南町奉行……」

二人は棒立ちになった。

「ここでなにをしている?」

根岸は訊いた。

「……」

二人は答えない。

「その先だ」

根岸が泥だらけになっている襖《ふすま》を指し示した。

椀田が部屋の奥の襖を開けた。

「なんと」

部屋はなく、人がかがんでくぐれるくらいの穴が開いていた。

「誰かいるのか?」

椀田が穴に向かって叫んだ。

「いるよ」

返事がした。かなり先からである。

「南町奉行所だ。出てまいれ」

「町奉行所……」

まもなく、泥だらけになった二人が出て来た。

その顔を見て、

「あ」

雨傘屋が声を上げた。

「ろうそく屋と、中間の作兵衛ですよ」

しめがそう言うと、

「作兵衛というか、また花吉にもどってますね」

と、源次が言った。

「なるほど。そなたたちは掘らされているのだな？」

根岸が訊いた。

「そうです。掘らないと斬ると言われまして」

と、ろうそく屋が言った。

「あっしもです」

花吉は怯えた顔で言った。

「忽然と消えて、他人になりすましても、逃げ切れなかったか」

「そうなんです」

「もう、そこでやめにするがよい。山崎家のがま池のところまで掘るつもりだったのだな？」

「たぶん、そうだと思います。あたしらには何も説明はしてませんが」

「この者たちは、水を抜きたいわけだ」

すでに後ろ手に縛りつけてある男二人を見て、根岸は訊いた。

「ええ」

ろうそく屋はうなずいた。

「なにゆえに？」

「こいつらは、がま池を敵視してるんです。やがて水神さまの罰が当たるでしょうが」

「池を敵視とはどういうことだ？」

根岸はさらに訊いた。

「国許にそっくりの深泥沼があり、そっちの水も抜きたがってますから、その一環なんでしょう。詳しいことは、あいつらが考えていることですからわかりませんが」

「そなたたちは、もとは山崎家の所領である備中川上郡成羽《なりわ》の者かな？」

「そうです」

ろうそく屋はうなずいた。

「国許で別の一派に狙われ、江戸に出て来たのか？」

「あたしのところは、もう何代も前に江戸に出て来たのですが、山崎家とはずっとつながっていて、途中から二派に分かれたうちの一派を支援しておりまして」

ろうそく屋がそう言うと、

「あっしは十五年ほど前、あの連中から命を狙われたので、江戸に出て来て、ろうそく屋さんなどに助けてもらいながら、暮らしてきました」

髭面にもどっている花吉が言った。

「だが、近ごろ、ふたたび命を狙われたので、別人になってここらにいるため、忽然と消えるという芝居をやったのだな？」

根岸の問いに、

「はい。お見通しでしたか？」

と、花吉は肩をすくめた。

「あとどれくらいで池まで行きそうなのだ？」

根岸は訊いた。

「どうでしょう。あと十間（約一八・二メートル）ほどで辿りつくかもしれませんね」

ろうそく屋が答えた。

「そなたたち、危ないところだったな」

「やはり、溺れてましたか？」

「竹筒を差すなんてことは、言われてないのだな？」

「ええ」

「では、あの水がここから溢れ出たら、掘っている側も、この下の家なども流されてしまうだろう。大惨事が起きるところだった」

根岸はそう言って、すでに座らされている二人を見た。

二人は、根岸から顔をそむけている。

「この二人は、われらの手に落ちたが、ほかにもいるのか？」

「あと四人いるはずです」

と、花吉が言った。

だが、ここにはいない。

「どこへ行った？」

「わかりません」

根岸は凶四郎たちを見て、

「では、山崎家に乗り込むか」

と、言った。

暮れ六つ（午後六時ごろ）にはまだ間があるが、空が暗い。見上げると、雲が低く下りてきていて、いつ降り出してもおかしくない。降れば、夕立のような激しい雨になるだろう。

山崎家に向かう途中、

「お奉行さま。傘を持って来ましょう」

と、雨傘屋は言った。

「傘を？」

「ええ。だれも持って来ておられないですよね？」

「傘は持って来てないだろうな」

「濡れると風邪をひきます。家には、あっしがつくった雨傘がまだたんとあるはずですから持ってきます。ここにいる人数分くらいはあるでしょう」

「そうか。わしらは先に入っているぞ」

「わかりました」

雨傘屋は坂下の本村町にある自分の家に駆けて行った。

七

根岸は、一本松のところにいた者たちに捕縛した二人を預けると、そのまま待機させて、山崎家を訪ねた。町方が捕縛のために、旗本の屋敷に入るなどということはできない。これは、あくまでも根岸の私的な訪問である。

「これは根岸さま」

用人の北野は、困惑した顔で根岸を見た。

当然、山崎家の混乱は解決していないはずである。

「じつは、いろいろと相談があってな。できるだけ穏便なかたちで解決するつもりだが、ご協力はいただかないといけませぬ」

根岸は玄関口で、飛び出して来た北野に言った。

「と、おっしゃいますと？」

「ご家中のご家来たちが、町人地で穴を掘り、こちらの池の水を抜こうとされた」

「なんと」

「もし成功していたら、たいへんな惨事になったはず。ついては、これ以上、騒ぎを起こさぬためにも、解決させていただきたい」

「わかりました」

北野は観念したようにうなずいた。

「ご当主にも来ていただいたほうがよい。山崎さまは？」

「二階におられるはずですが」

北野は微妙な戸惑いの表情を浮かべて答えた。

「土久呂。お声をかけて、広間に来ていただくよう伝えてくれ」

根岸は凶四郎にそう言うと、

「われらはその前に、がま池を検分させていただこうではないか」

「がま池を？」

北野が不思議そうに訊いた。

「やはり、この池にすべてが潜んでいるようなので」

根岸はそう言って、庭へと向かった。

一方――。

凶四郎は廊下を奥へと進んだ。

その前をしめが進み、

「二階の殿さまのお部屋はこっちからですよ」

と、案内した。しめはすでに、この屋敷の造りをすべて頭に入れている。押入れの中身までだいたいはわかってしまった。

階段を上る。

すると、奥から子守唄が聞こえた。ふくよかさとやさしさに満ちた声音である。

凶四郎は階段の途中で立ち止まり、

「赤子もいたのか？」

と、小声で訊いた。

「いいえ。赤子なんかいませんよ」

しめは気味悪そうに首を横に振った。

嫌な予感のようなものがする。背筋に寒気が走る。子守唄がなぜ不気味なのか。

凶四郎は足音を忍ばせ、階段を上がり切ってから、そっと奥の部屋をのぞいた。

——あ！

異様な光景を見た。

若殿の山崎主税助が、乳母のお染の膝の上に寝そべっていた。手はお染の胸に当てられていた。襟元が開き、豊満な乳が出ていた。

お染は子守唄を聞かせていた。

若殿はうっとりと目を閉じ、それを聞いていた。

唄が終わると、

「若さま。大丈夫ですよ。お染がついてますからね。なにがあろうと、お染がいっしょですよ」

と、やさしく声をかけた。

凶四郎は振り向き、階段のところへ引き返すよう、しめに合図した。

二人はそっと階段を下りた。

それから凶四郎は階段の下で、

「山崎さま。町奉行の根岸がご相談いたしたいことがあるので、広間のほうまでお越し願いたいそうです」

と、上に向かって大声で言った。

根岸は池のほとりまで来ると、

「この池は、国許の深泥沼とそっくりだそうな？」

と、用人の北野に訊いた。

「そっくりです。わたしも国許にはほとんど行かないのですが、十年ほど前に行ったとき、あまりによく似ているので驚きました。大きさこそこの倍ほどあるのですが、周囲の樹木や草むら、水の感じ、雰囲気などがとにかく似ているのです」

「似せたのかもしれぬな」

「似せた？」

「ちと、じっくり拝見したい」

と、根岸は歩き出した。凶四郎としめはいないが、宮尾に椀田、源次がいっしょである。雨傘屋はまだこちらには来ていない。

この前は、松平定信がいっしょで、しかも筆などを投げ入れたりしたので、池の佇まいをゆっくり見ることはなかった。だが、今日は木の一本ずつまで見るつもりである。

ふと、足を止め、

「この木は？」

と、指差して北野に訊いた。

「胡桃《くるみ》です」

「これが胡桃の木か。実が生るでしょう」

「いっぱい生ります。そっちにも、対岸にも三本ほどありますので、毎年、屋敷の者だけでは食べきれないほどです。ニワトリの餌に混ぜたりしています」

「ニワトリもいるのか？」

「ええ。向こうの裏手で二十羽ほど。卵をいっぱい産みますから、それも食べきれないほどです」

「それは羨ましい」

奉行所ではさすがにニワトリは飼っていない。根岸は飼いたいのだが、あの朝の鳴き声は、奉行所の威厳を損ないますと、女中頭のお貞《さだ》が、猛反対したのだ。

さらに進み、

「これは柿の木だな」

「ええ。これもいっぱい実をつけます」

「渋柿だが、干し柿にするのだろう」

「よくご存じで」

「うむ。あれがあれば、冬のあいだ、甘味には不自由せぬ。干し柿の甘味はまた、お汁粉などと違って胃もたれなどもせんのだよな」

根岸は独り言のように言った。駿河台の屋敷にも、渋柿の木があり、毎年、干し柿もつくっている。

「あっちは栗の木だ」

「ええ」

「それと梅もあり、イチジクもあるな」

「そうなのです」

根岸はゆっくり歩き、四分の一ほど来たとき、足を止めた。

「ここらの草は、馬が食べるだろう？」

柔らかそうな草が一面に生えている。おひたしにしたら、人間も食べられそうな草である。

「そうなので？」

北野は知らないらしい。

「いや、これは大好きな草だ。こちらの屋敷では馬は？」

「はい。四頭ほど飼育しております」

「餌は？」

「渋谷《しぶや》村《むら》の百姓に届けさせています」

「なんだ。これを食わせればよいのに」

「そうでしたか」

根岸はその草をちぎり、青い匂いを嗅いでから、

「馬は野良仕事に欠かせない。その馬を育てるには、こうした草地が要る。水田を広げ過ぎて、馬の餌が無くなって困ったという話も聞いたことがある」

「はあ」

「池の周りの草は、単に雑草が生い茂っているようにも見えるが、皆、役に立つものばかりだな」

「そうなので？」

「葭簀《よしず》や茣蓙《ござ》がつくれるし、畑の肥料にも、馬や牛の餌にもなる」

「ははあ」

ちょうど反対側まで来た。

凶四郎としめもやって来た。二人はなにやら毒気に当てられたような顔をしてい

るが、根岸もいまはそれどころではない。

ここにも、胡桃や栗、柿、梅などの木が生い茂っていた。

ここまで来て、池のなかものぞいた。

「ほう。魚もいるではないか」

「います。鯉こそいませんが、鮒などはけっこういます」

北野が言った。

「なるほど」

しゃがみ込んで水のなかをのぞいている根岸に、

「お奉行。ここには巨大な化け物のような魚もいますぞ」

と、後ろで凶四郎が言った。

「そうなのか？」

根岸は北野に訊いた。

「いや、化け物かどうかは。大きく育った妙な魚はいるみたいですが」

と、北野は困ったような顔で言った。

「土久呂は見たんだよな？」

根岸は訊いた。すでに報告は受けているが、改めて凶四郎から言わせたいのだ。

「見ました。恐ろしく大きな、茶色いなまずのような生きものです。変な臭いがしてました」

凶四郎は言った。

「もしかして、うなぎの蒲焼きにかける山椒の匂いではないかな」

「あ、そうです」

「山椒魚というやつだな。水のきれいな川に棲むやつで、手足があるからあれは魚ではないだろう。大きいのは、五尺（約一・五メートル）以上になると聞いたことがある。そうか、そんな山椒魚がいたら、やれ河童だの、化け物だなどと言われるだろうな」

根岸は笑ってうなずき、

「いやあ、この池と周囲は素晴らしい。改めて見て、感心した。これがあるだけで、火事を防ぐだけではない。屋敷の者を飢えから守ることもできる。もしも山崎家がこの屋敷に籠城したとしたら、兵糧攻《ひょうろうぜ》めは効かぬぞ」

「いやいや、そんなつもりは」

北野は焦って否定した。

「これは、前の当主がなさったことなのかな？」

「違います。わたしも、子どものころのことでよくは覚えていないのですが、国許で名主をしていた者が、いろいろ池の周囲に手を入れたりしていたはずです。言われてみると、たしかに国許の深泥沼に似せたのかもしれません。もう、三十年くらい前になりますか」

「そうすることで、なんとなく国許の沼とつながっているような気になるわな。考えたものよ。何という者だ？」

「名主で名字ももらっていたはずですが、そちらは失念いたしました。元は地侍ですので、国許の家臣などともほとんど対等でした。下の名は田之作《たのさく》といったはずです。お染の亭主でもありました」

「お染の亭主？　乳母のお染か？」

「ええ。そのとき、だいぶ歳の差はあったのですが、お染は田之作の女房でした。それで、若殿がお生まれになったとき、ちょうどお染も子を産んだばかりだったのですが、若殿は国許の丈夫な乳で育てるべきと、女房をこっちに差し出して来たのです。それから何年かして、田之作は亡くなりました」

「なるほど。それで、その当時も家中は、二派に分かれていたのだな？」

「二派に？」

北野は惚《とぼ》けようとする気配である。

「隠してもすでに聞いておる。どういう二派なのかな。なんとなく想像はついているが」

根岸は強い視線で北野を見た。

北野は覚悟したようにうなずき、

「は。じつは、ざっくり申し上げると、領地でどんどん開墾し、水田を広げるべきとする派と、できるだけ元の土地をそのままで守ろうとする派です」

「やはりそうか。それで、田之作は開墾否定派だ」

「その先鋒でした」

「二派の争いは、これまでも繰り返されて来たわけだ?」

「はい。十五年ほど前には一揆が起きそうになりました。わたしも用人になったばかりで、国許のご家老といっしょに、それを抑えるのに苦労しました」

「成羽の一揆は、ふつうとは逆に、水田を広げるべきだという意見が強かったのではないかな」

「そうなのです。水田を広げれば、その分、百姓の取り分も増え、百姓たちも皆、豊かになるはずだと」

「そういう考え方もあるのだがな」

「しかも、開墾派に頭の切れる者がおりまして」

「それは?」

「成羽の豪農なのですが、与衛門といって、これはお染とは従弟《いとこ》同士なのですが」

「与衛門がな」

根岸はそう言って、凶四郎たちを見てうなずいた。ついにその名が出た。

「この者も、田之作と同じく地侍の家の生まれで、家中の武士とも対等にふるまっております。この与衛門は薬草に詳しかったり、米や野菜の品種の改良なども手がけ、この十数年で酒づくりにぴったりの米というのをつくることに成功したのです」

「酒か」

「これを大坂の酒蔵でも高く買ってくれることになり、いっそ成羽の米はぜんぶこの米にして、年貢はお金で納めることにしてもらおうと」

「だが、すべて同じ米にすると弊害もあるぞ。日照りや、嵐などがあったとき、地域の米が全滅する恐れがある。じつは、かつて、百姓たちは赤米や黒米など、いろんな米をつくっていたのだ。それで、水不足に強いとか、風に強いとかがあり、なにかあっても米の全滅は避けられるようにしていた。ところが、年貢米にする米が一定であることが求められ、同じような米ばかりつくるようになった。それで、いざ日照りがあったりすると、甚大な被害が出るようになったのだ」

根岸の言葉に、凶四郎やしめたちは、

「へえ」

と、聞き入るばかりである。

「ところが、与衛門はソロバンもはじきましてね。酒にする米をつくれば、たとえ五年に一度、日照りや嵐があっても、まったく問題にならない。三年に一度でも大丈夫だ。なにせ、金にしておけば、腐ることもない——と、こういうことを言い出しました。これは、百姓たちの気持ちをずいぶん動かしましてね」

と、北野は言った。

「金にな」

「江戸屋敷でも、これにはかなり気持ちが動きました。先代の殿も、そちらに傾きつつあったくらいです」

「危ないな」

と、根岸は言った。

「危ない？」

「うむ。水田というのは、増やせば増やすほどよい、米は、いいものをいっぱいつくればいいという考えには、じつは落とし穴があるのだ」

「と、おっしゃいますと？」

「田んぼは、土のなかからいくらでも米という実りをもたらしてくれるわけではないぞ。人間に食いものや水が必要なように、田んぼにも滋養や水が必要なのだ」

「そうなので」

「田んぼというのは、かなりの水と、養分を必要とする。それが足りないと、田んぼはやがて痩せてきて、望むような実りももたらすことはできなくなる。養分というのは、草や牛馬とかニワトリなどの糞のことだ。ところが、草地が少なくなり、多くの水を必要とする田んぼばかりが増えるとどうなる？　牛馬やニワトリの餌が足りなくなり、育てられなくなる。牛や馬がいなくなれば、糞も出ないし、野良仕事はきつくなる。卵も食べられなくなる。大地というのは、いろんな生きものが互いに助け合うところなのだ。その助け合いがなくなると、三十年後、五十年後には、広い田んぼばかりがあって、収穫はわずか、百姓はいつも腹を空かしているということになりかねぬぞ。田んぼに多大の儲けを求めることは、そういった危険を広げるということなのだ」

「それはまずいですね」

「この池を見れば、国許に深泥沼が必要だということもよくわかるわな」

「では、田之作も」

「むろんだ。田之作は深泥沼を守るため、いろいろな神秘や怪《あや》かしを持ち出した。うかつに水田を広げると、とんでもないことになると思わせるためにな」

根岸の言葉に、凶四郎は大きくうなずいた。これで、山崎家の謎の多くが解けたような気がした。

八

「与衛門はどこにいる?」

根岸は北野に訊いた。

北野は怪訝そうな顔になり、

「百姓ですので、国許にいるはずですが」

と、言った。

「そうかな」

「じつは、お染が江戸に出て来たと言っているのですが、それはないでしょう」

「いや。江戸に出て来ているはずだな」

「そうなので?」

「かつて田之作の側近たちが、国許にいにくくなり、江戸に出て来て、この屋敷の周囲に散らばって住んだ。それがろうそく屋とかだ。北野殿もご存じであろう」

「ええ。仙台坂下のろうそく屋は出入りの商人です」

「ところが、この際、攻勢に打って出ようと、国許から開墾派の頭脳が出て来たのだ。柳の木に咲いた椿の花も、その与衛門のしわざだろう」

「なんと」

北野は、思いもしなかったらしい。

「ところで、あそこにいる植木職人たちは？」

根岸はいつの間にか近くに来ていた四人の植木職人たちを指差した。皆、手ぬぐいで頬かむりをし、這いつくばるようにしているので、顔はよく見えない。

「顔をよく見たほうがよいぞ」

「顔を……？」

北野は数歩近づいて、植木職人たちを見た。

「あ、高山《たかやま》、三宅《みやけ》、内野《うちの》、そしてお前は」

北野は絶句した。

「ご家中の者だな」

「はい」

「そして、与衛門もいたか？」

「あの者が」

北野は、いちばん左にいた痩せた男を指差した。

「さすがは根岸さま」

と、痩せた男が言った。いかにも、頭の切れそうな顔をしている。目に自信があふれている。

「そなたが与衛門か」

「はい」

与衛門がうなずいたとき、激しい雨が降り出した。

江戸名物と言われる夕立である。

池が波立ち、樹木が背を縮めるほどの勢いだった。

だが、根岸には後ろからすっと傘が差しかけられていた。

真っ赤な傘だった。

「すみません。残っていたのは、女ものの赤い傘ばかりでした」

雨傘屋が言った。

「ああ。かまわぬ」

ほかの者も、雨傘屋から差し出された傘を差していた。まるで、根岸たちのいるところだけ、花でも咲いたように赤い色が広がっていた。

「柳に椿の花を咲かせたのは、接《つ》ぎ木をしたのか？」

根岸が声を大きくして訊いた。傘に当たる雨音がやかましいほどである。

「いやあ、そんな接ぎ木は無理でしょう」

と、雨に濡れたまま与衛門は言った。

「そうかな」

「接ぎ木というのは、なんでもかんでもくっつくわけではありません。たとえば、樫の木に竹を接ぎ木しても、うまくくっつきません。同じような種の木同士でなければできないのです」

「ふつうはそうだな。ところが、世のなかには、とんでもない知恵を持った者がいる。江戸の園芸家たちの凄さには、わしも何度となく仰天させられた。朝顔や菊や万年青《おもと》の珍種などは、いったいどうやればこんな妙ちくりんなものを作り出すことができたのか、わしにもさっぱり見当がつかぬ。しかも、それぞれ製法は極秘や一子相伝にしてるから、あれらは後世に伝わらないかもしれぬ。時代の仇花《あだばな》として終わるのだろう。そなたも、そういう方法を編み出した」

「滅相もない。それは買いかぶりでは？」

「たとえばだぞ。あいだにいくつか入れたらどうなる。その種に近いものをだ。一つでは駄目かもしれぬ。二つ、三つとあいだに入れ、まるで遠かった種を近づけるようにしてみるのはどうだ？」

「……」

与衛門の顔色が変わっている。

「できぬかもしれぬ。だが、できるかもしれぬ」

「それは、根岸さまがお考えになったので？」

と、与衛門が訊いた。

「いま、咄嗟にな」

「驚きました」

「当たったのかな」

「なにを挟んだのかは、極秘ですが、方法はその通りです。恐れ入りました」

与衛門は頭を垂れた。

「国許の陣屋が占拠されたというのも嘘であろう。まず、若殿の開墾の許しを得ようとやったことだな」

「……」

「しかも、池の水を抜こうとした。与衛門。向こうの町家で穴を掘らせていた者たちはすでに捕縛いたしたぞ」

「……！」

与衛門の顔に動揺が走り、隣にいる仲間たちと顔を見合わせた。

「いったん捕縛はしたが、奉行所に連れて行くつもりはない。こちらのご家中の方々だ。のちほど縄はほどかせる」

「ありがとうございます」

後ろで北野が言った。

「帰ることだ。与衛門」

と、根岸は言った。

しばらく沈黙がつづいた。

ほかの三人はうつむいたままである。

「帰らざるを得ないようですな」

与衛門がうなずいた。

「開墾がいいのか、深泥沼をそのまま残すべきなのか。じつは、わしにも確信はない。世のなかは変わろうとしている。じつは、そなたが考えるように、銭金を中心に考えたほうがいいのかもしれぬ」

「わたしはそう思います。田之作とは何度も話したことですが。あの人も、水神だの怪かしだのを持ち出さず、理でもって皆に問いかければよかったのだ」

「それはできまい。幕府の方針に逆らうことになる。それよりは、神秘だの化け物だのを持ち出したほうが、人は素直に従ったりするものなのさ」

「さすがに、『耳袋』の根岸さま。ご著書は、備中の在までも届いておりますぞ」

「それは困ったものだ」

根岸は照れたような顔をした。

「ただ、若殿のご判断についてはひとこと。そこの女狐《めぎつね》がついている限りは、若殿はいつまでもご自信のご判断をくだせないでしょうな」

与衛門は、根岸たちの後ろを指差した。

そこにはお染と山崎主税助が立っていた。

九

「やっぱり出て来ていたのね、与衛門」

と、お染は言った。

大きな傘を若殿と二人で差している。そうして並ぶと、なにやら奇妙な雰囲気を漂わせている。

「ああ。いつまでもあんたのやりたいようにはさせられねえからな」

与衛門は斜めの笑みを浮かべて言った。

「あのおみつという可愛い小娘を江戸屋敷に入れ、若殿をあやつろうとしたのもあんたのしわざだろ。おみつは最後まであんたの名は言わなかったがね」

お染は、丸い顔に似合わない、鋭い目をして言った。

「あんたはおみつを問い詰め、池に飛び込ませるところまでした。なにもそこまで苛めなくてもよかったのに」

「あの子は、自分で死にたいと言ったんだよ。江戸になんか出て来たくなかったって」

「最初は皆、そう言うが、若い娘は江戸に慣れれば、こっちのほうが楽しくなったはずだよ。あんたは、いまや江戸屋敷の陰のあるじだ」

与衛門は嫌味たっぷりの口調で言った。

「それは違うね」

「どう違う？」

「あたしは、あの人の言い残したことを守っているだけ」

「どうかな。田之作さんが教えなかったことまで、あんたはしているはずだけどな」

「なんのこと？」

「若殿にお訊きしてもよいのなら」

と、与衛門が言うと、

「そこまでだよ。与衛門」

お染はさえぎった。

このやりとりに、凶四郎は根岸のそばに寄り、

「お奉行、じつはお染と若殿は……」

さっきの光景をすばやく伝えようとした。

「うむ。想像はついている」

根岸が言った。

「え」

「若殿の顔はいつまでも大人になれぬ男の顔だ。お染を見る目は、よちよち歩きの幼児のものだ」

「まさにその通りでした」

凶四郎は、痛ましそうに山崎主税助を見ながら言った。

「あんたもそろそろ国許にもどるときじゃないのか？」

与衛門がお染に向かって言った。

「そうじゃな」

お染は素直にうなずいた。

「へえ」

与衛門も驚いた。

「お染。なにを申す」

山崎主税助が動揺した。

「若殿。お染がやれるのはここまでです。あとはご自分でご判断できるよう」

そう言ったと思うと、お染はいきなり駆け出した。

「あ」

皆、啞然とした。

思いがけないほど素早い動きだった。

お染は、どしゃぶりの雨のなかを、がま池に向かってまっすぐ突き進んだ。

凶四郎たちが駆けだしたとき、お染は池に飛び込んでいた。

「お染！」

山崎主税助が絶叫した。

「助けるんだ」

凶四郎と源次があとを追い、飛び込んだ。

だが、水草のせいでうまく泳げない。

「駄目だ」

諦めて岸に上がった。

「たらい舟で探したほうがよい」

凶四郎の言葉に、その場にいた者たちは慌ただしく動き始めていた。

その騒ぎを見ながら、

「では、北野さま」

と、与衛門は言った。

雨が小降りになっていた。傘が立てる雨音は、ほとんど聞こえないくらいだった。

「うむ。若殿はかならず国許に行っていただくようにする」

と、北野が言った。

「お待ちしています」

と、与衛門は頭を下げ、

「お奉行さまにもお世話になりました」

根岸にも礼を言った。

「そうだ。渡すものがある」

根岸は、先ほどから宮尾になにか言い、急いで支度させているようだったが、ようやく間に合ったらしいそれを、与衛門に手渡した。

「これは?」

「わしからの餞別だ」

「ご冗談を」

「冗談ではない。じつは、がま池の謎を解いてくれと北野殿に頼まれたとき渡されたものでな」

根岸がそう言うと、北野は、

「あ」

と、口を開けた。

「わしはこういうものはもらわぬことにしているのでな。そなたたちもいろいろかかりがあっただろう」

根岸がそう言うと、与衛門はにやりと笑って、

「江戸というのは意外にいいところですな。こういう粋なはからいをなさるお奉行さまがいらっしゃる」

まだお染の遺体は上がらないらしい。

与衛門が出て行くのを見送った北野は、

「わたしの性分もいけないのでしょう」

と、根岸に言った。

「どういう性分なのかな？」

「どっちつかずでやってきたのです。どちらの意見にも聞くべきところがあるようで、だからどっちも聞いて、そのつど、まあまあということで、折衷案《せっちゅうあん》を模索してきました。性分なのです。優柔不断で、どっちつかずで。だから、もやもやしたも

のが生まれるのです。そのもやもやが、がま池の怪奇を助長したのかもしれません」

「なるほど」

「じつは、根岸さまにご判断いただきたかったのは、わたしのそうした性分だったのかもしれません」

「北野さん。そりゃあ、わたしも同じだよ」

と、根岸は言った。

「と、おっしゃいますと?」

「どっちつかずの優柔不断だよ」

「そんな」

「いや、わたしもつねに迷っている。今度のことも、沼を埋め、迷信を追い払って、金になる田んぼを増やしたほうがいいのか、これは難しい問題ですぞ」

「そう言っていただけると」

北野はゆっくりと頭を下げた。

お染の遺体はまだ上がらない。

半月ほどして——。

お染の遺体が、山崎家の国許の深泥沼に上がったという報せが来た。それも白骨ではなく、お染とはっきりわかる姿のままで。

だが、根岸肥前守鎮衛は、

「なるほど」

と、つぶやいただけで、たいして驚いた顔もしなかったという。

この小説は当文庫のための書き下ろしです。

編集協力・メディアプレス
DTP制作・メディアタブレット

文春文庫

耳袋《みみぶくろ》秘《ひ》帖《ちょう》　南町《みなみまち》奉行《ぶぎょう》と深泥沼《みどろぬま》

定価はカバーに
表示してあります

2021年12月10日　第1刷

著　者　風《かぜ》野《の》真《ま》知《ち》雄《お》
発行者　花田朋子
発行所　株式会社 文藝春秋

東京都千代田区紀尾井町 3-23　〒102-8008
TEL 03・3265・1211㈹
文藝春秋ホームページ　http://www.bunshun.co.jp

落丁、乱丁本は、お手数ですが小社製作部宛お送り下さい。送料小社負担でお取替致します。

印刷製本・凸版印刷

Printed in Japan
ISBN978-4-16-791798-2

文春文庫　風野真知雄の本

（　）内は解説者。品切の節はご容赦下さい。

風野真知雄
耳袋秘帖
紀尾井坂版元殺人事件

「耳袋」の刊行を願い出ていた版元が何者かに殺された。許可はださなかったが、評定所の会議で根岸に嫌疑が掛かった。根岸、最大の危機を迎える?!

か-46-35

風野真知雄
耳袋秘帖
白金南蛮娘殺人事件

長崎・出島のカピタンの定宿長崎屋では、宿泊するものがいないのに不穏な様子。また白金界隈に金髪女が出現しているらしい。一体何が起きているのか？　根岸の名推理が冴える。

か-46-36

風野真知雄
耳袋秘帖
眠れない凶四郎（一）

妻が池の端の出合い茶屋で何者かに惨殺された。その現場に立ち会って以来南町奉行所の同心、土久呂凶四郎は不眠症に。見かねた奉行の根岸は彼を夜専門の定町回りに任命。江戸の闇を探る！

か-46-38

風野真知雄
耳袋秘帖
眠れない凶四郎（二）

妻を殺された土久呂凶四郎は、不眠症に悩まされながらも夜専門の同心として夜な夜な町を巡回する。静かな夜の江戸に蠢く怪しいものたち。奉行の根岸とともに事件を解決していく。

か-46-39

風野真知雄
耳袋秘帖
眠れない凶四郎（三）

妻・阿久里を殺害されたまま、いまだ手がかりすら摑めない凶四郎。不眠症もいまだ回復せず、今宵もまた、夜の江戸に巡回に出て妻殺害の真相に迫る！　犯人は果たして……。

か-46-40

風野真知雄
耳袋秘帖
眠れない凶四郎（四）

妻殺害の難事件はほろ苦い結末ながらなんとか解決した。が、名奉行根岸の温情により、不眠症がいまだ治らない凶四郎は江戸の闇を今夜も巡る。今度の江戸に巣食う魔物は一体何か？

か-46-41

風野真知雄
卜伝飄々《ぼくでんひょうひょう》

剣豪は、永い歳月と修行を経て、ついには剣の道とは、剣を使わぬ境地と悟った……。無敗の男・卜伝の伝説はいかに作られたのか。「耳袋秘帖」の著者が晩年の塚原卜伝を描く小説。

か-46-37

くせものの譜
箕輪　諒

武田の家臣であった御宿勘兵衛は、仕える武将が皆滅ぶ。いつしか世間は彼を「厄神」と呼ぶ。滅んだのは依田信蕃、佐々成政、北条氏政、結城秀康、そして最後に仕えしは豊臣秀頼！（縄田一男）

み-59-1

あくじゃれ　瓢六捕物帖
諸田玲子

知恵と機転を買われて牢から解き放たれた粋な悪党・瓢六と、不承不承お目付役を務める堅物同心・篠崎弥左衛門の凸凹コンビが、難事件解決に活躍する痛快時代劇。（鴨下信一）

も-18-2

波止場浪漫（上下）
諸田玲子

稀代の侠客として名を馳せた、清水の次郎長。ご維新以降、旧幕、官軍入り乱れる清水で押しも押されもせぬ名士となった。その養女のけんの人生もまた時代に翻弄される。（植木　豊）

も-18-15

あかね空
山本一力

京から江戸に下った豆腐職人の永吉。己の技量一筋に生きる永吉を支える妻と、彼らを引き継いだ三人の子の有為転変を、親子二代にわたって描いた直木賞受賞の傑作時代小説。（縄田一男）

や-29-2

たまゆらに
山本一力

青菜売りをする朋乃はある朝、仕入れに向かう途中で大金入りの財布を拾い、届け出るが――。若い女性の視線を通して、欲深い人間たち、正直の価値を描く傑作時代小説。（温水ゆかり）

や-29-22

火天《かてん》の城
山本兼一

天に聳える五重の天主を建てよ！　信長の夢は天下一の棟梁父子に託された。安土城築城の裏に秘められた想像を絶する創意工夫。第十一回松本清張賞受賞作。（秋山　駿）

や-38-1

いっしん虎徹
山本兼一

その刀を数多の大名、武士が競って所望し、現在もその名をとどろかせる不世出の刀鍛冶・長曽祢虎徹。三十を過ぎて刀鍛冶を志して江戸へと向かい、己の道を貫いた男の炎の生涯。（末國善己）

や-38-2